Meine besten Geschichten

Satz: Schaber Satz- und Datentechnik, Wels
Printed in Austria by Wiener Verlag, Himberg
ISBN 3-7017-1153-4

ALOIS BRANDSTETTER

Meine besten Geschichten

Residenz Verlag

Österreich

Was Ihr Haus hier betrifft, Herr Doktor, so bin ich auch mit seiner Lage sehr zufrieden. Das gilt vor allem dem Umstand, daß es in Wien steht und daß es Kontakt mit anderen Stadthäusern hat. Es fügt sich so kommun und loyal, ganz unauffällig ins Weichbild. Haus unter Häusern, einfach Haus.

Ihr Haus befindet sich weiß Gott auf historischem Boden. Und auch das hat seinen tiefen Sinn, weil Sie doch das Besondere im Leben seiner Inwohner als Vätererbe und Vermächtnis verstehen. Und ins Vergangene und zeitfern Zukünftige gesehen, ist ihm in seinen Vor- und Nachfahren auch jedweder verbunden.

Ihr Institut ist repräsentativ für die Stadt, ja, für ganz Österreich, und nicht nur unser heutiges. Es kann sich an Bedeutung gut und gern mit der Hofburg, der Reichsbrücke, der Urania, St. Stephan oder der Kapuzinergruft messen. Wurde am Lemoniberg auch nicht große Geschichte gemacht, so wurde doch diese zeitweise von hier aus ein wenig gebremst. Ihr Haus hat stets eine temporegulierende Funktion ausgeübt, eine wichtige, leider unbemerkte und unbedankte Rolle.

Wie viele Menschen, Wiener, Österreicher von ob und nieder der Enns, Krainer, Steirer, Kroaten, Tiroler, Tschechen und Slowaken, Kärntner, Wendische und Windische, Ladiner, Italiener, Böhmen und Mährer, Hohe und Niedrige, Geistliche und Laien, Katholische, Atheisten, Brüder und Schwestern im Herrn, Brieftaubenzüchter und Protestanten, Hungerkünstler und und und – ich will mich aus Rücksicht auf Ihre Zeit, Herr Doktor, kurz fassen: wie viele, meine ich, mögen hier im Laufe der Geschichte eingekehrt sein! Natürlich gibt es vergleichbare Einrichtungen in der ganzen Welt. Aber nirgends scheint mir eine so beziehungsreiche Verbindung zwischen Außen und Innen zu bestehen. Das Leben ragt hier herein, und auch draußen ist so viel von seinem internen Wesen. Fast wäre ich versucht zu sagen, das hier sei ein Haus im Haus, Wien sei bereits im Großen so ein Haus, Wiener, Österreicher Sein ein herzlieb gewordener und wohlgehüteter Schaden. Dieses Haus ist ein Symbol, Sammelpunkt und Inbegriff des allseits, wenn auch unvollkommener als hier Sichtbaren. Innerhalb dieser Mauern treffen wir die landesübliche Melancholie nur in ihrer reinsten Form, die allerorten schwelende Betäubung und Müdigkeit erreicht da ein höheres, das Bewußtsein einschränkendes Ausmaß.

Hier sitzen die Hohepriester der Trauer unserer Geschichte. Die Tragik des Reiches, der Monarchie wie der Republik und ihres Verfalls findet da ihren Kult. Das ist Eskorial. Sinnbild unseres unerhörten Schicksals. Die Depression erreicht ihren heiligen Ernst. Deprimiert zu sein ist mir und vielen in Ihrer Anstalt ewige Profeß, Matutin, Vesper, Nokturn. Niedergeschlagenheit ist Chorgebet. Ad Te, Domine, clamavi, exaudi orationem meam. Et clamor meus ad Te veniat.

Aber hier herrscht auch jene Art hochgemuter Frohgestimmtheit, wie man sie uns als Volkscharakter nachsagt, auch sie ins Gigantische gesteigert und geläutert. Wie viele lachen hier ununterbrochen, tagelang, monatelang, jahrelang, ganze Leben lang. Wie birst alles von Lächeln, Grinsen, Schmunzeln und Kichern. Ein homerisches Gelächter, ein befreiendes Lachen, herzliches, ein lutherisch saftiges, schweinsigeliges Tischredenrausplatzen. Es gibt welche, die lachen, während sie die Luft einziehen, andere ergeben sich dem Gelächter im Ausatmen. Hoch wird gelacht und tief, sogar Moll-Lacher haben Sie. Manche lachen über etwas, andere ganz ohne Grund. Einer zeigt die Zähne beim Lachen, der andere kneift den Mund zu, dieser spitzt ihn, wieder einer dehnt ihn auseinander. Die Lachenden sind es, die anzeigen, daß Ihr Haus in Betrieb ist, die Traurigen hört man ja nicht. Und erst, wenn das Lachen des letzten noch Wachen langsam in schnappendes Röcheln übergeht und schließlich tonlos und tonloser wird, um zuletzt zu verstummen, dann ist Abend. Die Lachenden haben ein gutes Los, sie sind unablässig öffentlich. Und sie können von sich fast behaupten, daß sie die andere Abteilung, die Desolaten, wach und damit an ihre stumme Klagearbeit halten.

Wenn irgendwo unsere barocke Seele sichtbar wird, dann hier, wo ekstatische Verzückung und himmelfahrende Exaltation tagtägliches Ereignis sind. Ist Österreich der Jüngling, den es der Dichter nennt, dann ist seine Grundbefindlichkeit auch das Manische. Wo aber stünde sein erstes Denkmal, wenn nicht hier, wo sich Hunderte im Weihrauch ihrer schweifenden Sinne der lauteren Euphorie ergeben. Jenseits der natürlichen Sprache ertönt in Stammeln und Zungenreden ein unablässiges Halleluja, ein jubelndes Te Deum auf das Heilige Römische Reich, den Universalismus, die Casa d'Austria, unsere Mutter, die Kirche, das ewige Wien, das Leben des Kosmos und die unbeschädigte Welt. Österreich über alles, Österreich in Abundanz. Dyscholiae eucholiaeque liturgia Austriaca.

Ohne jede Ablenkung wird auf Ihrer Höhe an unserem Nichtanerkanntsein in der Welt gelitten, an unserer Kleinheit, an unserem schweren Namen, Sie beherbergen die reinsten Exemplare gemütstiefer Erinnerungsmenschen. Und selbst, wenn Österreich ein aberes mal verkleinert würde und schließlich nur noch aus Niederösterreich, oder gar nur Wien, St. Pölten und Umgebung bestünde, so bin ich mir doch absolut sicher, daß sich in Ihrem Hause traditionskranke Menschen umso liebevoller in die Geschichte dieser Miniatur zurückbeugen würden.

Immer hat es mich gerührt, daß an unserer Alma Mater Rudolphina österreichische Geschichte nicht gelehrt, sondern gepredigt wurde. Sie zu studieren, wurde stets von Lehrenden und Lernenden für ein Sakrament geachtet. Maria Theresia ist mir nach der Jungfrau Maria die heiligste Frau. Gebricht's ihr doch allenfalls an Jungfräulichkeit. Und Andreas Hofer – ist er nicht der heilige Joseph? Unsere Geschichte hat einen tieferen Sinn, auch unsere Kleinheit ist sinnvoll. Doch seien wir nicht vermessen, hier und jetzt, in diesem vorläufigen Heute, nach Seinen unerforschlichen Wegen zu fragen.

Österreich ist nicht unterzukriegen. Solange ein Österreicher lebt, lebt Österreich. Scheibbs ist Österreich, Waidhofen an der Thaya ist Österreich, Ihr Haus ist Österreich, Ihr Haus ganz besonders. Haben wir so nicht Grund zur Zuversicht? Soll nicht auch von unserer Heimat gesagt sein, daß sie die Pforten der Hölle nicht überwältigen werden? Wir müssen nicht verzagen.

Doch will ich hier einmal, wenn die Anstaltsleitung nichts dagegen zu haben geruhen mag, übermäßig selbstkritisch sein und Ihnen eine Deutung des österreichischen Wesens vortragen, die Sie aus Ihrer größeren psychologischen Erfahrung heraus wohlwollend zu prüfen geneigt sein wollen: Österreicher Sein ist eine Passion. Wir sind die Platzgeängstigten der Erde, wir sind aus Leidenschaft klein geworden, wir wollten uns schon immer so einen Winkel in den Alpen miniatürlich einrichten. Österreich ist eine Wohnküche. Österreich ist ein Herrgottswinkel.

Österreich ist ein Hinterhof. Österreich ist ein Schrebergartenhäuschen. Österreich ist sehr schön. Österreich ist sehr arm. Österreich ist sehr reich. Österreich ist sehr klein. Österreich ist sehr groß. Arm im Reichsein, reich im Armsein, groß im Kleinsein, klein im Großsein und so weiter. Österreich ist. Österreich wehrt sich nicht, es hat der schlimmen Welt, den Pforten Preußens und allem höllischen Unbill nichts entgegenzuhalten als seine Trauer. Aber es kann auf ein wundes Gemüt hinweisen, vielleicht auf Kindersegen. Als eine allerliebst gewordene Erinnerung wollen wir recht tief in unseren kleinen österreichischen Herzen erwägen, daß Maria Theresia ganz Budapest mit seinen verstockten Magnaten zum Weinen brachte, indem sie auf den sozialen Aspekt ihrer übergroßen Kinderschar aufmerksam machte.

Wie ist doch Ihr Haus Österreich. Die allgemeine Agoraphobie wird da von vielen konsequent an ihr Ende gelebt. In den dämmerigen Stuben, in den Aborten, unter den Betten, in den Schubfächern der Nachtkästchen, unter den warmen Tuchenten, auf den schmalen, fensterlosen Fluren, Korridorchen, in den Glasröhrchen der Einschlafspritzen, in der 40er Glühbirne, im gußeisernen Öfchen, überall, überall ist Österreich. In jedem von uns ist Österreich, wenn er die Augen schließt.

Wissen Sie eigentlich, Herr Doktor, daß das, was Sie Epilepsie nennen, die Ländlicheren unter Ihren Landsleuten den »hinfallenden Krank« heißen? Ist das nicht ein beziehungsreicher Name, der bereits von sich aus anzeigt, daß hier, über die konkrete Modalität des Gebrechens hinaus, ein Allgemeineres, im Heilsplan Gottes Belangvolleres angesprochen ist: die Hinfälligkeit der Welt, die globale Beschädigung, der Mangel der Jahrhunderte, der Defekt des Säkulums? Grüßen Sie doch bitte die Abteilung der

Hinfallenden von mir und lassen Sie sie nicht im Unklaren über Wert- und Sinnhaftigkeit Ihres Tuns. Grüßen Sie alle von mir, den ganzen Lemoniberg, unser Munsalvaesche, unsere geliebte Klosterneuestburg, unseren Hradschin der Leiden. Sagen Sie ihnen doch, den Entzweiten und Geängstigten, den Niedergeschlagenen und den Lachern, den Bewegungslosen und den Quecksilbrigen, den Imbezillen, den Debilen, den Schrulligen, den Kretins, den Idioten, den Gewalttätigen und den Sanften, sagen und künden Sie's allen, daß ich, ich, ihr Nachbar von Zimmer 317 – eine herrliche Zahl, die zum Weiterzählen förmlich einlädt, was aber nur ablenken würde –, daß ich ihre ganze Kümmernis und ihre Freude zu taxieren verstehe und daß mir die Erkenntnis geworden, daß Grund zur Freude vorliegt. Sie sollen froh sein! Wer nicht sprechen kann, soll krähen, künden die Großtaten des Herrn. Wir verwahren das Leid, den Kelch, den Reichsapfel, die kleinen Kleinodien, die Frage und die Antwort. Laut sollen sie durch die Flure rufen: Wir sind hineingenommen in Seine Liebe. Wir reichen dem himmlischen Vater nach, was dem Leiden Christi noch abgeht. Was sollte uns fehlen!

Der 1. Neger meines Lebens

1945 sah ich den 1. Neger meines Lebens. Der 1. Neger meines Lebens saß auf einem der Panzer, die an meinem Elternhaus vorbeifuhren.

Wir hatten ziemliche Angst, als der 1. Neger vor unserem Stubenfenster auftauchte. Vater sagte aber, daß wir keine Angst haben müssen. Vater sagte, daß die Neger auch Menschen sind, nur daß sie leider Neger sind. Immer mehr Neger tauchten vor unserem Stubenfenster auf. Ich konnte noch gar nicht so weit zählen. Vater sagte immer wieder, daß wir keine Angst haben brauchen, weil die Neger eigentlich auch Menschen sind. Vater sagte, daß die Neger gewissermaßen auch Menschen sind. Vater sagte, daß die Neger sozusagen auch Menschen sind. Vater sagte, daß die Neger in gewissem Sinne auch Menschen sind. Vater sagte, daß wir keine Angst haben brauchen, weil die Neger Menschen wie wir sind, nur daß wir Gott sei Dank keine Neger sind, während die Neger bedauerlicherweise Neger sein müssen. Die Neger sind nun einmal Neger, sagte Vater. Aber die Missionäre haben schon viele Neger bekehrt, sagte Vater, und wir tragen dazu unser Scherflein bei, sagte Vater. Er hat selbst einmal gelesen, sagte Vater, wie ein Missionär geschrieben hat, daß viele Neger eine ganz weiße Seele haben. Obwohl kein einziger Neger mit so einer weißen Seele vor unserem Stubenfenster auftauchte, leuchtete es mir doch gleich ein, daß sich mit diesem Bekehren, wie es Vater nannte, oder sonst irgendwie manches an der schwarzen Farbe machen ließe.

Einige Tage nach dem Einmarsch der Amerikaner sagte Vater beim Mittagessen, daß ein Neger der Nachbarin etwas ganz Böses angetan hat. Mutter sagte aber ganz vorwurfsvoll zu ihm: Aber Martin, und daß Schindeln am Dach sind, sagte sie. Vater sagte aber, daß ein Neger die Nachbarin eigentlich, gewissermaßen und sozusagen vergewaltigt hat. Vater sagte, daß die Neger eigentlich gewissermaßen und sozusagen keine Menschen sind. Vater sagte, daß die Neger in gewissem Sinne Tiere sind. Vater sagte, daß die Neger vergleichbar sind. Vater sagte, daß die Neger nicht wie wir sind. Wir hatten alle große Angst, und meine Schwester begann zu weinen. Vater sagte aber, daß wir keine Angst haben dürfen, weil die Nachbarin genaugenommen eigentlich sowieso eh eine Hure ist.

Schweinernes

Als ER seinerzeit alle Schweine im Reich zählen und aufzeichnen ließ und den Bauern genau vorschrieb, wieviel sie davon jährlich für ihren Eigenbedarf der Hausschlachtung zuführen durften, da wurde den Vertretern des Nährstandes klar, was die Uhr geschlagen hatte. Damals herrschte eine große Unzufriedenheit unter der Landbevölkerung der Ostmark, da ER ihren Bedarf an Fleisch weit unterschätzt hatte. Selbst ein Sohn dieses Landes, schien ER sich gleichwohl keine rechte Vorstellung mehr davon zu machen, wieviel Schweinernes der ostmärkische Bauer zur Aufrechterhaltung seiner Laune und Arbeitskraft benötigte. Eigentlich hätte ER wissen müssen, daß jeder Versuch, die Ernährung dieser Menschen auf Marmelade und Sojabohnen umzustellen, von vorne herein zum Scheitern verurteilt war.

Nachdem nun dieser unselige Befehl von Berlin aus ergangen war, begann in Seinem Ahnengau das große Schweineverstecken und Schwarzschlachten. Bei diesen gesetzwidrigen Hausschlachtungen kam es darauf an, das Schwein dazu zu bringen, daß es sich vor seinem Tode jedes verräterischen Schreies enthielte. Das in Friedenszeiten gebräuchliche Abstechen kam nun nicht mehr in Frage. Auch Erschießen verbot sich wegen der damit verbundenen Lärmentwicklung. Die Landwirte verfielen darum auf eine einfache Betäubungsart. Diese Betäubung ins Werk zu setzen, bedurfte es lediglich einer schweren Axt, die dem schlafenden Tier in finsterer Nacht mit Wucht gegen die Hirnschale geschlagen wurde, sodaß es sich außerstande sah, noch einen Ton von sich zu geben.

War das todgeweihte Tier gefällt, konnte man ihm das lange Schlachtermesser ins Herz stoßen.

Mein Vater sagte, es kommt darauf an, daß der erste Schlag sitzt. Der erste Schlag muß sitzen, sagte mein Vater. Wenn der erste Schlag nicht sitzt, sagte mein Vater, kannst du nach Mauthausen kommen. Du bist ein Saboteur, sagen sie, wenn sie dich erwischen, sagte mein Vater. Mein Vater sagte, gleich der erste Schlag muß hinhauen. Haut nicht gleich der erste Schlag hin, sagte mein Vater, dann ist die Schweinerei fertig. Du mußt genau den Punkt treffen. Triffst du den Punkt nicht genau, ist der Teufel los. Die Sau hält dann nicht mehr still, sagte mein Vater. Und du hast den Nachbarn oder gar schon die Gendarmerie aufgeweckt.

Ich schwitzte jedesmal Blut, wenn Vater die große Axt nahm, sich bekreuzigte, In Gottes Namen! sagte und in den Stall schlich. Wir sollen uns hinsetzen, sagte er noch, und einen schmerzensreichen Rosenkranz beten. Daß Nero nicht wieder anschlägt. Und daß hoffentlich kein Judas unter den Dienstboten ist. In zehn Minuten ist alles vorbei, sagte mein Vater.

Zentral

Wiens Zentral liegt eigentlich gar nicht zentral. Er liegt weit genug draußen. Natürlich wenn man es vom Zentral aus anschaut, dann selbstverständlich bitte schön. Eigentlich ist die Stadtmitte das Zentrum. Aber Wien selbst liegt ja auch nicht zentral in Österreich, wenn man es von der Provinz aus betrachtet.

Der Schubert Franz und der Herr van Beethoven lagen früher am Währinger Ostfriedhof, damit du dich auskennst. Sie wurden aber ausgegraben, hörst du, weißt du, verstehst du. Jetzt befinden sie sich am Zentral. Auch der Herr Mozart und der Wolf Hugo, der arme Teufel, der arme, und der Walzerkönig namens Strauß Johann, der unvergeßliche, liegen zentral. Der Zentral beinhaltet auch eine Masse berühmter Dichterfürsten und Ähnliches. Beim Mozart war ja bekanntlich wie erinnerlich niemand auf der Leiche. Am nämlichen Tage herrschte das berühmte Unwetter. Und seine Alte war eine Klasse für sich, kannst du sagen, die Konstanze. Nur der Walzerkönig hatte eine exquisite Leiche mit viel Musik und so selbstverständlich natürlich. Meistens herrscht aber in Wien ein ganz blödsinniger Sturm, wenn sie einen exzellenten Zeitgenossen eingraben. Da möchtest du Gummistiefel brauchen, damit du im aufgeweichten Kote nicht versinkst. Viele exzellente Zeitgenossen sind aber sowieso eh Mitglieder der »Flamme«. Solchene Kameraden werden verbrannt oder auch feuerbestattet und in die Urne gefüllt, was früher ohne jeden Pfarrer vor sich ging, meiner Seel'. Die Einäscherung vollzieht sich trockenen Fußes im Krematorium. Seit die Kirche mit dem Feuer einverstanden ist, geht der Ofen nicht mehr aus. Grad am Sonntag gibt es noch eine kurze Rauchpause.

Der Zentral wachst sich immer mehr aus. Bald bekommt er den Umfang von dem halben Burgenland. Man findet schon keinen mehr. Und so ein Wirbel zu Allerseelen, Mensch noch einmal. Und so viel Unkraut Jesus nein. Und so viel Blumen um Gottes willen. Und dann erst die vielen Tränen, geh und hör auf. Nichts wie Gräber, so weit das weinende Auge blickt. Nichts wie lauter tote Leichen, ich mag gar nicht darauf denken.

Die Leichen finden meistens in der Regel in aller Stille und im trauten Kreise der nächsten Angehörigen statt. Aber auch Staatsleichen laufen von Zeit zu Zeit über die Bühne mit allem Drum und Dran und daß ich nicht lache. Wenn ein Präsident stirbt, spielt der Radio drei Tage lang nur die Musik vom Bruckner Anton, kannst du drehen wie du magst Österreich eins und zwei und dazu ukawe einschließlich. Dann weißt du, daß sich der Herrgott wieder einen Prominenten genehmigt hat. Für viele ist das Ehrengrab am Zentral die Krönung ihres Lebens. Nur der Rühm möchte keins, hat er gesagt, der Gerhard.

Maria Theresia Weiland

Ausladend und weitschichtig ist die Wirtin zur Linden. Die Karten ist umfänglich und voller Fleischspeisen und Augenschmaus. Handfest, hausgemacht und ausgekocht ist hierzuland alles, ohne Umständ putzenscheibig, rechtschaffen und rettich und sBier ebenbürtig. DWirtin zur Linden versteht einen Witz in Ehren. Sie ist ein sakramentisches Weibsbild, Witwe des seligen Korbinian Weiland, ortsansässig und gebürtig seit eh und je, wirsch und boldig, eine gelungene Mischung, sGsäß ist gsund und wenns einen Herzhaften laßt, könnt sich ein Braumeister eins abschneiden. Die Frau Weiland ziert die barocke Brust einer Landesmutter. Sie ist umsichtig und häufig rundum beliebt allseits. Nero, das liebe Hundsvieh, frißt am Hof die Knochen, sodaß sie laut krachen. Der Xaver von der Küch siehts gern, wenn sich die Wirtin um einen Bierfilz bückt. Der Xaver hat einen schmutzigen Gedanken und die linke Hand unter dem Schurz. Der Stammtisch zur Linden ist aus Eiche zum Draufstützen und Dreinhauen, kartenkantig und eingewurzelt wies erste Haus am Platz und nicht ohne Astlöcher und geistliche Kundschaft. Der Stammgast darf die Wirtin am Knieend ein wenig hirscheln, wenns keiner sieht. Geschieht eh nix. Ausgetreten wird aber in die folklorige Seichkammer, wo schon manche dreckige Schmeißfliegen am niederbayerischen Ammoniak derstickt ist. Die Luft unter der Linden ist im übrigen prima und erquickt durch den ausreichenden süßen Sauerstoff im Gegensatz zur Stadt, wo der Stickstoff vorherrscht. In den Brunnen vor dem Tore muß aber auch am Freitag nicht georgelt werden, Schweinshaxen übereinand noch einmal. Maria Theresia Weiland, Korbinian Weilands glückselige Witwe, beehrt sich, an Lichtmeß zur alljährlichen Entenpartie recht herzlich einzuladen.

Steckenpferd

Das Steckenpferd überbrückt die Freizeit im Fluge. Mit Hilfe eines Steckenpferdes ist schon manch einer über eine schwere Stunde seines Lebens hinweggekommen. Während viele in Gasthäusern herumlungern und nichts mit sich anzufangen wissen, beugt sich der Philatelist über seine Briefmarke. Eine Blaue Mauritius liegt leider Gottes natürlich nicht unter seiner Lupe. Wer Streichholzschachteln mit Landschaftsmotiven sammelt, der weiß sehr wohl, daß die Welt groß und bunt ist. Hat einer eine Sammlung alter Speisekarten, so wird ihn keiner über den Appetit vergangener Jahrhunderte zu belehren brauchen. Der Bierfilzsammler ist Antialkoholiker. Er hat aber trotzdem verläßliche Zahlen über den Ausstoß der Brauereien an der Hand. Der Wellensittich ist ein schönes Steckenpferd. Er nimmt langsam, aber sicher in der Wohnküche des Arbeiters überhand. Käfer und Schmetterlinge sind heute rückläufig. Katzen steigen, Hunde fallen, paradoxerweise.

Es gibt zahme und wilde Steckenpferde. Man kann ein Steckenpferd auch von hinten aufzäumen. Ein Königreich für ein Steckenpferd! Der reiche Kaufherr Heinrich Schliemann konnte sich ein trojanisches Steckenpferd leisten. Das alles ist gut gesagt und bildlich gesprochen. Vorsicht vor Roßtäuschern, die den Briefmarken an den Zähnen herumsägen. Römermünze sagt noch lange nichts. Gegen Farbdias kann man sagen, was man will. Einweckgläser sind mehr als exzentrisch. An sich aber ist keiner dumm, der ein Steckenpferd reitet. Die Kunst ist übrigens weit größer als ein bloßes

Steckenpferd. Die Wohnung eines Waffensammlers sieht gefährlich aus, ist es aber nicht. Die Blutrinne am türkischen Krummsäbel war nämlich 1683 vor Wien das letzte Mal in Betrieb.

Überwindung der Platzangst

Hier, dort drüben, jenseits des Platzes, dein Ziel, querfeldein, schräg vis-à-vis. Setz' an und tu' einen Schritt, beherzt, doch versichere dich des Rands, schau noch einmal zur Seite, schau dir über die Schulter, zurück und gegen den Zaun, links und rechts. Nimm die Mitte, diagonal, c gleich wurzel a quadrat plus b quadrat. Mache dir ganz bewußt, daß du die Beine in die Hand nehmen und Dampf dahinter machen könntest, es wäre dir ein Leichtes, du könntest ja laufen und das Ende des Platzes mit Pythagoras im Fluge erreichen. Das Erstaunen etwaiger Passanten über einen fliegenden Läufer sollst du für nichts achten. Auch seitwärts besteht die Möglichkeit auszuweichen, du hast viele Möglichkeiten; wer einen Platz überschreitet, hat deren allemal viele. Doch stecke den Kopf in den Nacken, ducke dich ein wenig, geh leicht in die Knie, vermeide den Blick nach oben, vermeide den Gedanken an den Raum, dein Geschäft ist irdisch. Die Erde den Menschen, der Himmel den Vögeln, Astronomen und Priestern. Schau unter der Achsel seitwärts nach unten, schräg gegen die Einfriedung, grüße sie freundlich, zwinkere ein wenig. Mach wieder einen Schritt, vergiß nicht zu schreiten, doch mit Bedacht, geh vorsichtig. Dein Oberkörper soll die Bewegung kaum merken, laß dein Gehwerk marschieren. Geh, schreite, tippel, marsch, vorwärts, geradeaus. Rede dir gut zu, rede dir nach dem ersten Drittel ein, du hättest bereits die Mitte, und bei der Mitte, du hättest schon das letzte Drittel. Und wo du auch bist, es gibt immer noch einen kürzeren Weg. Auch Rom wurde nicht an einem Tag erbaut, und viele Wege führen nach Rom. Du mußt ja gar nicht hinüber. Du könntest ausscheren, jederzeit, und du wärest flugs am Zaun, du könntest dich festhalten oder dich zu Boden ducken, du könntest unter die Hecke kriechen und ein Lied anstimmen. Da wärest du ganz geborgen und sicher. Du dürftest die Starrheit des Nackens nun langsam lösen. Der Himmel hat keine Gewalt unter einer Hecke, wer da sitzt, braucht ihn nicht zu fürchten, er ist im Mutterleib.

Blau ist der Himmel, doch grün ist die Hecke.

Kommt es trotzdem zu dem Punkt, den die Wissenschaft den kritischen nennt, und wo dir Tante Lore wieder das Großhirn schälen möchte, dann auf und davon, flieh vor dich hin, laufe dich, renne zu, hurtig, spute dir, schnurstracks, überstürze dir, tummle dein, purzle und überschlag deine Beine und ergreif den Zaun, beiß in die Sprossen, teurer Kamerad.

Unschöne Szene

Ein unschöner Jugendlicher mit ungepflegten Haaren hatte während einer nicht genehmigten Demonstration einem schön seinen Dienst tuenden Wachorgan die unschöne Redensart zugerufen: Ihr seid schöne Schweine. Nun stand der Jugendliche im schönen Berlin vor seinem Richter. Dabei kam es erneut zu einer unschönen Szene. Unbeirrt von der schönen Würde des hohen Gerichtes, löste der Angeklagte seine unschönen Beinkleider aus ihrer Verankerung im Grundgesetz. Nachdem er dieses vollbracht, deponierte er einen schönen Haufen Auswurf in unmittelbarer Nähe der richterlichen Instanz. Schließlich langte er nach einer Akte und beging einen unschönen Mißbrauch mit einem elementaren Grundrecht. Der Richter nahm alles ins Protokoll und betonte im Anschluß daran, daß mit solchen unschönen Szenen kein Beitrag zur Verschönerung und Entgiftung der Atmosphäre und damit zur Erleichterung der Wahrheitsfindung geleistet würde.

Warten

Wenn die Armen auf die Reichen warten,
wenn die Kleinen auf die Großen warten,
wenn die Fans auf den Star warten,
wenn die Schüler auf die Lehrer warten,
wenn die Schwarzen auf die Weißen warten,
wenn die Arbeiter auf den Chef warten,
wenn die Völker auf die Regierungen warten,

ja dann müssen sie eben ein wenig warten.

Herrschaften kommen mit kleiner Verspätung und
müssen etwas früher weg.

Vom Böllerschießen

Herr Inspektor, es ist immer wieder dasselbe, sagte er. Einer ladet, gibt Pulver in den Böller, verschließt mit Lehm und steckt die Zündschnur an. Dann bringt er sich in Sicherheit. Aber wenn es aus irgendeinem Grund nicht gleich kracht, sagte er, wird der Böllerschütze ungeduldig. Und in seiner Ungeduld macht er einen lebensgefährlichen Fehler. Geben Sie acht, sagte er zum Inspektor, jetzt macht der Böllerschütze den Fehler seines Lebens. Er läuft nämlich zum Böller zurück und schaut nach, was los ist. Und meistens, sagte er, geht der Böller genau in dem Augenblick los, in dem sich der Schütze über ihn beugt, um nachzusehen, wo denn der Schuß bleibt. Jetzt hat die Gemeinde einen Invaliden mehr, Herr Inspektor.

Dieses Böllerschießen bei Hochzeiten, sagte er zum Inspektor, müßte eigentlich längst verboten werden. Ich verstehe nicht, sagte er, wie Ihre Behörde diese dauernden Selbstverstümmelungen zulassen kann. Hierzulande wimmelt es von Invaliden, die sich beim sogenannten Hochzeitschießen um die Gesundheit gebracht haben. Bald haben wir pro Hochzeit einen Invaliden, sagte er. Wir sind nicht mehr weit davon entfernt. Und die Ursache, fragte er, was ist denn der Grund. Warum nur erwischt es immer wieder welche beim Hochzeitschießen. Der Grund und die Ursache ist der Leichtsinn, sagte er. Aber die letzte Ursache liegt genaugenommen im Alkohol, im Alkohol, sagte er, liegt eigentlich die Ursache begraben. Letztlich hat der Leichtsinn seine Wurzel im Alkohol, sagte er. Diese Hochzeit müssen Sie mir erst zeigen, Herr Inspektor, bei der ein Nüchterner mit dem Böller schießt. Die Leute in dieser

Gegend trinken an sich nicht wenig, aber beim Böllerschießen trinken sie immer, und nicht schlecht. Am Anfang vielleicht, sagte er, um Mitternacht, wenn die Schießerei beginnt, um Mitternacht kann es schon sein, sagte er, daß unter Umständen einer der Böllerschützen noch nicht betrunken ist. Aber am Schluß, sagte er, ja spätestens wenn es Tag wird, sind alle betrunken. Das ist die Zeit der Unfälle und Katastrophen. Ein nüchterner Schütze am Morgen muß erst geboren werden. Das Trinken, sagte er, und zwar das Schnapstrinken, sagte er, wohlgemerkt das Schnapstrinken gehört einfach dazu, sagen die Leute. Ein Böllerschütze, der keinen Schnaps trinkt, ist kein Böllerschütze, sagen sie. Ein richtiger Böllerschütze muß Schnaps trinken, sagen sie, sonst ist er kein richtiger Böllerschütze. Wenn aber dann das Unglück geschehen ist, dann sagen sie nichts, sagte er. Oder sie reden von Ungeschicklichkeit und unglücklichen Umständen. Hat aber wieder einmal ein junger Mensch dran glauben müssen, dann sagen sie ohne weiteres, es ist noch kein Sprengmeister vom Himmel gefallen. Ich, sagte er, werde es sicher nicht mehr erleben, daß mit diesem Unfug Schluß gemacht wird. Das Hochzeitschießen gehört nun einmal zum Brauchtum unserer Heimat, sagen die Leute. Und das Schnapstrinken gehört einfach zum Hochzeitschießen, das Schnapstrinken ist uralter Brauch.

Von den Jagdunfällen

Achtzig Fasane, dreißig Hasen und ein Treiber, das ist die Strecke und kein dummer Witz. Das wäre nicht das erstemal. Du lachst, sagte er zum Wirt, aber eigentlich ist es traurig, ein Trauerspiel ist das. Ich bin früher ja selbst bei Treibjagden gern mitgegangen. Das hat sich aufgehört, damit ist jetzt Schluß, endgültig Schluß ist damit, sagte er, bin ich vielleicht lebensmüde, sagte er, bin ich wahnsinnig, bin ich etwa verrückt, sagte er. Und woran liegt es wohl, fragte er den Wirt, daß die Jagdunfälle längst auf keine Kuhhaut mehr gehen. Wenn die Jagdunfälle heute längst auf keine Kuhhaut mehr gehen, dann liegt das ganz einfach an der Disziplinlosigkeit der Jäger, jawohl, an der Disziplinlosigkeit der Jäger, sagte er, vor allem an der Disziplinlosigkeit der jungen Jäger, die gerade die Jagdprüfung gemacht haben. Die schießen heute, wie es gerade kommt, und der Jagdleiter sagt nichts, sagte er zum Wirt, er bewundert oft sogar noch den Schneid dieser Halbwüchsigen. Je unvorsichtiger einer und je wilder einer und je verrückter einer mit dem Gewehr umgeht und hantiert, umso mehr Ansehen genießt er. Das ist ein leidenschaftlicher Jäger, sagen sie, das ist ein temperamentvoller und jugendlicher, das ist ein hitziger Jäger, sagen sie, sagte er. Die Jugend hat eben noch Feuer, sagen sie. Kaum daß ein Fasan abhebt, schießt auch schon einer, über die Köpfe der Treiber und anderen Jäger hinweg, und nicht selten eben auch *auf* die Köpfe. Ein Hase hatte noch kaum Zeit, die Schußlinie zu erreichen, sagte er, da wird auch schon drauflosgeknallt, brutal, sagte er, ruck zuck, sagte er, ohne Rücksicht auf Verluste. Da kennen die Burschen keine

Verwandten, sagte er. Es steht ja nicht eben wenig von Jagdunfällen in der Zeitung, sagte er, im Herbst, zur Zeit der großen Treibjagden, sind die Zeitungen voll von Jagdunfällen, auf jeder Seite, sagte er, auf jeder Seite steht im Herbst etwas über Jagdunfälle. Am 14. dieses, heißt es dann unter anderem, ereignete sich hierorts ein tragischer Jagdunfall, oder in Sipbachzell kam es erneut zu einem bedauerlichen Jagdzwischenfall, heißt es, ich brauche dir das nicht zu erzählen, sagte er zum Wirt, du kannst ja lesen. Aber, und jetzt kommt's, sagte er, glaubst du vielleicht, daß alles in der Zeitung steht, was sich bei den Jagden ereignet. Im Leben nicht, sagte er, das glaubst du doch im Traum nicht. Das, was über Jagdunfälle in den Zeitungen steht, ist nur ein Bruchteil dessen, was wirklich geschieht, ein kleiner Bruchteil, ein winziger Bruchteil, ein winzig kleiner Bruchteil, sagte er. Das ist längst nicht alles, sagte er, natürlich passiert weit mehr. Nur wenn es einen besonders arg erwischt, oder wenn einer überhaupt erschossen wird, sagte er, dann kommt es in die Zeitung. Streifschüsse und schon gar gefährliche Schüsse, die gerade noch danebengehen und keinen verletzen, werden immer vertuscht. Darüber kannst du aus der Zeitung nichts erfahren. Oder: einer schießt eine ganze Ladung Schrot auf ein parkendes Auto, daß es nur so glöckelt. Ja glaubst du denn, davon steht etwas in der Zeitung, fragte er den Wirt. Nichts ist es mit der Zeitung. Das Auto wird vertuscht. Die Jäger erledigen das unter sich, unter der Hand, sagte er, die Jäger behandeln die leichteren Fälle diskret. Wenn einer einen Treiber nur unerheblich verletzt, wenn er ihn nicht spitalsreif schießt, wenn er ihn nur leicht am Arm oder am Bein streift, dann sagen alle Jäger pst! Pst, sagen sie, sagte er, alle sagen sie pst. Oder sie sagen, der Sowieso hat einen Bock geschossen, Jagdkamerad Sowieso hat einen Bock geschossen. Sie sagen, das kann schon einmal passieren, sagte er. Jeder kann einmal einen Bock schießen, sagen sie. Wer von uns hat noch keinen Bock geschossen, sagen sie. Wer noch nie einen Bock geschossen hat, der werfe den ersten Stein. Bitte, sagen sie, machen wir doch aus einem Bock keinen Elefanten. Und mancher, sagen sie, sieht den Splitter im Auge des Nachbarn, aber nicht den Treiber vor seiner Flinte. Das ist ein Sprichwort, sagen sie. Und es sind ja stets Ärzte in der Jägerschaft. Die verpflastern die Blessuren gleich an Ort und Stelle. Schwamm drüber, heißt es dann, und die Jagd geht weiter. Auf ein neues, ruft der Jagdleiter und stößt ins Horn. Nur wenn einem plötzlich ein Auge heraushängt, oder wenn etwas noch Schlimmeres geschieht, dann wird es bekannt. Ein Auge, sagte er, das plötzlich einem heraushängt, läßt sich natürlich nur schwer vertuschen. Alles, sagte er zum Wirt, alles lernen die angehenden Jäger heute im Jagdkurs, nur die Disziplin nicht, die Disziplin lernen sie nicht im Jagdkurs, sagte er. Was nützt es denn, wenn einer die Schonzeiten aller möglichen und unmöglichen Viecher kennt, aber auf einen Jagdkameraden schießt. Oder was hilft es mir, fragte er, wenn ich weiß, daß ich in der Weidmannssprache zum Schwanz des Hasen, ich weiß nicht wie, und daß ich zum Geweih des Hirschs, ich weiß nicht wie, und daß ich zu den Federn des männlichen Fasans, ich weiß nicht wie sagen muß. Nichts nützt es mir, sagte er, gar nichts nützt es mir, wenn ich die Jagdkameraden und Treiber für Freiwild halte und ihnen eins auf den Pelz brenne, weil ich keine Disziplin besitze. Ich verstehe das alles nicht, sagte er zum Wirt, ich bin da mit meinem Jagdlatein einfach am Ende.

Anton

Hänseln kommt von Hans. Ich weiß es, weil ich der Anton bin, aber von allen immer nur Hansi genannt wurde. Schnell entdecken die Spielgefährten, wer in ihrer Schar der Hansi ist. Oft ist es ein Kleiner, der keinen hinschmeißen kann. Lehrerkinder dürfen aber nicht gehänselt werden, weil sie es sonst ihrem Vater sagen, den alle recht fürchten, weil er recht zuhaut, obwohl er auch recht klein ist, aber man darf nicht zurückhauen. Oft sind die Kinder der Lehrer mit den Kindern der Reichen sehr gut, denen sie von ihrem Vater, dem Herrn Lehrer, erzählen, welcher sehr oft in dicken Büchern liest. Auch die Kinder der Reichen werden nicht gehänselt. Sie haben feine Kleider an und einen Selbstbinder um den Hals. Oft kaufen sie ihrem guten Freund vom Geld ein Eis, sodaß jeder ihr guter Freund sein möchte. Die Eltern der reichen Kinder veranstalten manchmal einen Kindergeburtstag, an dem auch jeder dabeisein möchte, aber viele nicht dürfen, indem sie keine Einladung empfangen haben.

Mich haben meine Mitschüler gehänselt, weil ich schon damals der Inhaber einer Schilddrüsenüberfunktion war, was dieses Ding da, Sie sehen es ja, zur Folge gehabt hat, das mich schon immer auf Sondergrößen und das gütige Hinwegsehen meiner Mitmenschen angewiesen machte. Ich habe mich selbst nie für schön gehalten und darum schon als Kind sehr viele Vokabeln gelernt. Es gibt aber zweierlei Schönheit, eine äußere und eine innere. Oft besitzt gerade der äußerlich unschöne Mensch die innere, auch seelische Schönheit genannt.

Es gibt Eltern, die ihren gehänselten Kindern zu Hilfe kommen. Dann gibt es aber wieder Eltern, die sich nicht in die Angelegenheiten ihrer Kinder einmischen, wie mein Vater, der mit Vornamen Johann heißt, der aber schon als Kind ein sehr kräftiger Mensch war und der darum nie gehänselt zu werden brauchte.

Der Häßliche muß aber schöner ministrieren als der Schöne. Er muß auch frömmer sein und eine exaktere Kniebeuge machen, wenn er vor dem Katecheten bestehen will. Auch sonst muß sich der Hansi immer ein wenig ducken. Nur sein gutes Gewissen kann ihm aber keiner nehmen.

Fröhliche Berühmtheit

Manchmal meint es das Schicksal gut mit einem einfachen Menschen und hebt ihn hoch aus der Masse der Namenlosen heraus. Einer fährt müde mit seinem Fahrrad von der Arbeit nach Hause, als vor seinen Augen ein Flugzeug vom Himmel fällt. Und es kommen die Reporter und machen ein Interview, und der Augenzeuge kommt ins Fernsehen, und er sagt, es kam mir vor äh, wie wenn äh, die linke Tragfläche äh, und dann eine Deno äh, Detonation äh, und zu seiner Frau sagt er, ich kam mir unter den Jupiterlampen wie ein Gott äh, so richtig bedeutend vor äh, wie ein Prominenter äh, und seine Frau sagt, warum sagst du denn plötzlich immer äh, das hast du doch früher nicht getan.

Einer muß schließlich dem bekannten Schauspieler die Post bringen. Das ist natürlich kein Schauspieler. Er wird von seinen Kollegen aber doch ein wenig bewundert und beneidet, obwohl er schwer schleppen muß.

In der Bibel steht etwas von einem kleinen Menschen, der auf einen Maulbeerbaum steigt und von oben auf den vorbeiziehenden Herrn hinabruft. Und er wird bemerkt. Die Kleinen müssen sich schon etwas einfallen lassen, um den natürlichen Mangel auszugleichen. Oft werden diese Menschen aber von der Natur durch eine reiche Phantasie und eine laute Stimme entschädigt.

25 Jahre muß das einfache Vereinsmitglied warten, bis es endlich unter den Jubilaren in der Zeitung steht. Das ist eine lange Zeit und ein mühsamer Weg zum Ruhm, und der Name manches Treuen stand bereits früher auf der Seite der Todesanzeigen.

Zwei Arbeitnehmer geraten an der Theke in Streit, weil jeder im größeren und besseren Unternehmen beschäftigt sein will. Auch den Besitz ihrer Arbeitgeber spielen sie gegeneinander aus. Es kommt zu Tätlichkeiten (Arbeitskampf).

Der Wahlsieger, der mehr als 4 Millionen Stimmen erringen konnte, dankt am Abend des Wahltages über Funk und Fernsehen *jedem einzelnen* Wähler, der ihm seine Stimme geschenkt hat, für das ihm entgegengebrachte Vertrauen.

Du mußt einfach ein Gespür haben, sagt mein Vetter, der Sonntag für Sonntag am Fußballplatz ist, wann die Kameras des Fernsehens auf die Zuschauer gerichtet werden. Wenn du es rechtzeitig merkst, kannst du dich durch Winken und andere Faxen schon ein wenig bemerkbar machen. Stehst du nahe genug am Mikrophon eines Rundfunkreporters, dann kannst du, wenn der Sprecher gerade einmal Luft holt, in die Stille hinein hunderttausenden Rundfunkteilnehmern über den Äther ins Wohnzimmer husten.

Bevor Katharina Kachlmair in den Haushalt des bekannten oberösterreichischen Tonsetzers Anton Bruckner tritt, ist sie für den Historiker nur schwer greifbar.

Oh, wenn ich dich nicht hätte, sagte Immanuel Kant nicht selten zu seinem treuen Lampe! Und in der Tat, wenn wir mit dem Namen Kant heute die Vorstellung eines stets korrekt gekleideten Königsberger Bürgers verbinden, so ist dies nicht zum geringsten Teil ein Verdienst seines zuverlässigen und bewährten Dieners.

Friedrich Hebbel stünde im moralischen Urteil der Nachwelt wesentlich besser da, wenn er die Lensing, die ihm doch so lange mit innerer Hingabe das Hauswesen in Ordnung hielt, als er noch nicht berühmt war, geheiratet hätte, statt sich zu guter Letzt der Schauspielerin Christine Enghaus zuzuwenden.

Eckermann konnte zuhören wie nur wenige!

Mit dem Kronprinzen Nächte durchzechen und hinter den Weibern her sein, wohin das führt, sehen wir an Falstaff.

Kehren wir in unsere aktuelle Gegenwart zurück. Im September 1968 fuhr ein türkischer Gastarbeiter mit seinem Auto, offenbar in Unkenntnis der europäischen Verkehrsregeln, auf der Autobahn Frankfurt–Mannheim auf der rechten Bahn gegen die Richtung und begegnete als erstem entgegenkommenden Fahrzeug dem Mercedes 600 des Bundespräsidenten der Bundesrepublik Deutschland. Der Chauffeur des Präsidenten konnte dem Türken zum Glück durch verzweifelte Gesten die Gefährlichkeit und Verkehrtheit seines Vorhabens gerade noch rechtzeitig signalisieren und ihn zur Umkehr bewegen. Zusammenstöße und Unfälle mit Politikern sind im übrigen im Westen wie im Osten für den kleinen Mann eine der wenigen, wenn nicht überhaupt die einzige Möglichkeit, wirklich entscheidend in die hohe Politik einzugreifen.

Auch unter Gläubigen fehlt es nicht an Individualisten. Immer wieder sträuben sich eigenwillige Gemeindemitglieder, indem sie eine ganze Oktave zu hoch oder zu tief singen, gegen einen Gesang a capella.

150mal und damit zum letzen Mal Blut gespendet hat der Bäckergehilfe i. P. Rudolf Deicht (66) aus Wels. Unzählige Male hat der fleißige Blutspender das Blutstropfenabzeichen erhalten, schließlich wurde ihm auch das Blutspenderabzeichen in Silber und zuletzt der Rote Blutstropfen in Gold verliehen. Rudolf Deicht ist gebürtiger Wiener und kam 1940 nach Wels. 1935 spendete er in Wien zum erstenmal Blut. Als Blutspender ist er in der

Welser Frauenklinik und im Allgemeinen Krankenhaus Wels bekannt. Aber auch im Krankenhaus Vöcklabruck singt man das Lied von diesem braven Mann.

Etwas Besonderes ist an jedem Menschen daran, und sei es auch oft nur eine eigenartige Narbe.

Ein einziges Mal stand meine Heimatgemeinde Pichl bisher auf der ersten Seite der großen Tageszeitungen. Damals ist uns der Neubau der Schule eingestürzt.

Auch einfache Menschen übertreiben oft. Nur der Tod kann manche Eheleute davon abhalten, nach der grünen, der silbernen, der goldenen, der diamantenen und der eisernen auch noch die steinerne Hochzeit feierlich zu begehen.

Gendarmerieinspektor bringt beleuchtungsloses Moped auf

Am 23. dieses wurde hierorts von Gendarmerierayonsinspektor Valentin Naderhirn ein beleuchtungsloses Moped aufgebracht. Als besonders bedenklich wurde dabei von dem genannten Organ die Tatsache gewertet, daß sich das beanstandete Moped in Fahrt befand, und zwar des Nachts, wodurch der vermeldete Mangel an ausreichender Beleuchtung besonders empfindlich zutage trat. Als Besitzer und Lenker des Gefährts, das zudem erheblich unter dem Fehlen eines Nummernschildes litt, erwies sich bei angestrengtem Hinsehen der der seßhaften Gendarmerie hinlänglich bekannte stellungslose Hilfsmaurer K. Als Herr Gendarmerierayonsinspektor Valentin Naderhirn das Moped des stellungslosen Hilfsmaurers als eine finstere Mühle, so wörtlich, apostrophierte, verwahrte letzterer sich und sein Fahrzeug, welches ein österreichisches Qualitätserzeugnis von der Fabrikationsmarke KTM darstelle, gegen die finstere Mühle. Der stellungslose Hilfsmaurer bezeichnete die Bezeichnung finstere Mühle als Amtsehrenbeleidigung, so wörtlich. Auch ein Gendarm, sagte der Hilfsmaurer, dürfe einem einfachen Moped die Ehre nicht ganz abschneiden. Den totalen Lichtausfall führte er auf das Fehlen einer Lichtanlage zurück. Befragt nach seinem Herkommen, gab er als Ort seines Aufbruchs das Gasthaus »Zur Lokalbahn« und als Reiseziel Haus 23 an der Tierkadaververwertung zu Protokoll. Durch die Nennung des Gasthauses »Zur Lokalbahn« wurde der Beamte hellhörig. Da der Angehaltene nur stockend sprach und auch mehrere Male über sein Moped stürzte, um sich nur unter großer Mühe stets wieder aufzurichten, verdichtete und verstärkte sich in Gendarmerierayonsinspektor Valentin Naderhirn ein bestimmter Verdacht. Wie nebenbei erkundigte er sich bei dem stellungslosen Hilfsmaurer, was er im Gasthaus »Zur Lokalbahn« gesucht habe. Der stellungslose Hilfsmaurer erkannte jedoch die verfängliche Frage als eine Falle und erwiderte, daß er im Gasthaus »Zur Lokalbahn« wegen einer Beleuchtungsanlage für sein Moped vorgesprochen habe, daß die Vorsprache jedoch negativ verlaufen sei. Da dem stellungslosen Hilfsmaurer sein Befinden juristisch nicht einwandfrei nachzuweisen war, fuhr er schließlich mit dem Gruß »Hick«, so wörtlich, glimpflich davon.

Weltkriege

Den Ersten Weltkrieg, sagt Großvater, kann man mit dem Zweiten Weltkrieg gar nicht vergleichen. Im Zweiten Weltkrieg ging nämlich alles maschinell, während im Ersten Weltkrieg noch sehr viel mit der Hand und mit den Pferden gemacht werden mußte. Der Erste Weltkrieg hat sich weitgehend zu Fuß abgespielt. Nur wenn man in einem Auto oder auf einem Motorrad sitzt, spielen Senkfüße keine Rolle.

Auch die Kameradschaft war im Ersten Weltkrieg eine andere als im Zweiten Weltkrieg, und zu Weihnachten 1915, als ihnen an der italienischen Front ein Pferd erfroren ist, haben mit Ausnahme eines gewissen Thomas Raffreider, eines Fleischhauergesellen aus St. Veit an der Glan, alle geweint. Keiner hat sich geschämt, weil es ergreifend war. Weihnachten an der Front ist das Schönste, was es überhaupt auf der Welt gibt. Im Frieden ist es leider ganz anders, weil es zu viele Geschenke gibt, sagt Großvater, jedoch keine Kameradschaft. Wenn man aber nicht weiß, ob man noch lange auf dieser Welt und am Leben ist, feiert man das Fest des Friedens ganz anders. Es ist sehr schön, wenn man sich, wie der Großvater, in der Stellung S auf der Marmolata befindet und mit den Kameraden stille Nacht und heilige Nacht singt und es ist ein Ros entsprungen. Draußen geht ein wilder Sturm, und es ist finster und unheimlich, wodurch es im Schneebunker warm und friedlich ist. Die Soldaten denken an daheim und an die Frau und die Kinder (wenn sie welche haben), die gerade den Christbaum entzünden und an den Vater an der Front denken und recht traurig sind, weil er nicht bei ihnen ist, sondern an der Front, sodaß sie ihn entbehren müssen. Es ist sehr erhebend, wenn man weiß, daß jemand an dich denkt, sagt Großvater, und im Ersten Weltkrieg hat man dieses Gefühl immer gehabt, jedoch am stärksten zu Weihnachten. Die Kriegsweihnachten sind allen in unvergeßlicher Erinnerung. Auch die Pferde haben gespürt, daß Christus der Heiland auf die Welt gekommen ist, obwohl sie zur unvernünftigen Kreatur gezählt werden müssen. Sie sind dagestanden und haben den Kopf gesenkt. Da haben die Soldaten gewußt, was sie sagen wollen. Nur im Krieg ist der Frieden wirklich schön.

Die Luft auf der Marmolata war aber sehr dünn, weil die Berge hoch sind, und viele haben Nasenbluten bekommen. Nasenbluten und Fußschäden lassen sich vergleichen, sagt Großvater.

Ein Krieg ist aber im Rosengarten schöner als in der Tiefebene. Jeden Abend im Sommer ist das Alpenglühen, das sich nicht um den Krieg kümmert. Im Krieg erlebt man das Alpenglühen aber stärker als im Frieden, weil man nicht weiß, wie oft man es noch erlebt. Das ganze Firmament ist blutrot. Das paßt sehr gut zum Kriegshandwerk, wo es auch nicht immer fein hergeht. Die Italiener haben nämlich oft eine Offensive angekündigt, obwohl der Respekt vor den italienischen Soldaten nicht sehr groß war, weil sie auch Katzelmacher genannt wurden und sehr verlaust waren, indem sie schwarze Haare hatten und viel zu viele Kinder, sodaß sie zu Hause die Not erlitten haben. Wurde jedoch ein Italiener erschossen, hat er dem Großvater aber auch leid getan, weil es sich bei einem Italiener fast immer um einen Familienvater handelt.

Die Junggesellen haben zu Weihnachten aber nicht an ihre Frau und ihre Kinder denken können, sondern an ihre Mutter. Die Junggesellen fühlen sich oft sehr zu ihrer Mutter hingezogen. Einige von ihnen haben noch im Tod vergebens nach ihrer Mutter gerufen. Sobald sie aber eine Frau haben, denken sie an dieselbe, und an ihre Kinder (sofern dieselbe schon welche geboren hat). Im Krieg kommen aber bekanntlich nicht so viele Kinder auf die Welt. Großvater sagt, das hängt mit dem Urlaub zusammen, den man aber nicht immer bekommt, wenn man gerade möchte, und starke Lust hätte, jedoch einen steifen Korporal, welcher die Situation an der Front im Auge hat und an seinen Kaiser denkt, während der gemeine Soldat dauernd nur noch an seine Frau denken kann. Der Krieg hat schon manche Empfängnis verhütet. Einmal hat der Briefträger aber einem Soldaten, einem gewissen Josef Leitner aus St. Thomas am Blasenstein, ein Telegramm an die Front gebracht, worin geschrieben gestanden ist, daß seine Frau das erwartete Kind erhalten hat. Da haben alle zu schießen aufgehört und dem Kameraden zum freudigen Ereignis gratuliert und die Hand geschüttelt. Der Feldkurat hat sich gewünscht, daß der neue Erdenbürger ein anständiger Mensch und ein braver Soldat für den Kaiser werden möge. Der Kamerad hat aber gesagt, sie sollen sich nicht über ihn lustig machen, weil damals die Offensive war und von einem Urlaub gar keine Rede. Das war allen ein wenig unangenehm, und sie haben wieder weitergeschossen, weil die Italiener auch keine Pause gemacht haben.

Großvater sagt, daß sein Gedächtnis leider schon sehr schlecht ist. Die toten Kameraden kann er aber trotzdem nicht vergessen. Er erinnert sich gern an die toten Kameraden, sagt Großvater. Es ist sehr schade, daß sie den Frieden leider nicht mehr erleben durften. Es war aber leider ein Schandfrieden. Leider haben wir den Krieg nicht gewonnen, sodaß die Opfer leider umsonst gewesen sind, genaugenommen.

Einmal hat sich aber ein Pferd vor einen Soldaten gestellt, den die Italiener von der anderen Seite herüber erschießen wollten. Da hat einer gesagt, daß der Bräunl eigentlich einen Verdienstorden kriegen müßte, was aber nicht sein kann, weil er leider tot ist, und auch wenn er noch am Leben wäre, wäre er leider nur ein Pferd, für welches der Kaiser keine Orden vorgesehen hat. Ein Pferd ist jedoch oft treuer als ein Mensch, sagt Großvater, und namentlich im Krieg. Im Krieg weiß man, was man an einem Pferd hat. Zwischen einem Pferd im Krieg und einem Pferd im Frieden ist ein himmelweiter Unterschied. Ein Pferd und ein Kraftfahrzeug sind aber gänzlich zwei Paar Stiefel. Sie unterscheiden sich genauso wie der Erste Weltkrieg vom Zweiten Weltkrieg.

Es kann schon sein, sagt Großvater, daß es auch im Zweiten Weltkrieg zu Weihnachten oft schön war, wie Vater sagt. In Rußland kann er sich das schon vorstellen, weil die Winter dort empfindlich streng sind und die Luft ist klar, daß einem schier der Atem friert. Letztlich kann man aber den Zweiten Weltkrieg mit dem Ersten nicht vergleichen. Darüber sind sich auch alle Veteranen einig.

Bergwelt

Die Alpen sind nicht uneben. Doch Vorsicht, mein lieber Tourist aus der norddeutschen Tiefebene. Dem Oberbayern sind die Dreitausender wie auf den Leib geschneidert (im Gegensatz zum Niederbayern). Die Berge fordern ihr Recht (Bergrecht). Notfalls mit Blutzoll. Sie wollen erst bestiegen sein (kurze Hosen stehen dazu in krassem Widerspruch).

Da geht ein Flachländer in Halbschuhen. Noch einer. Noch einer.

Die Warnungen der Hüttenwirte werden in den Föhn geschlagen (wo sie aber nicht hingehören). Bitte den Bergen die richtige Einstellung entgegenbringen. Für Kölnischwasser ist im Rucksack kein Platz, nein wirklich nicht.

Da ruft einer Kalau in die Schlucht, und hundertfach bringt es das Echo zurück. Man könnte ein dickes Buch damit füllen (doch möge man bitte die Berge nicht zum Schreien mißbrauchen).

Man sollte nicht aufhören, dieses Volk, das schließlich den rostfreien Solinger Stahl und das feuerfeste Jenaer Glas erfunden hat, zu fragen: Haben Sie schon einmal in einer Gletscherspalte auf das Jüngste Gericht gewartet?

Als der rheinländische Importeur begriff, daß er sich von der dritten Kategorie falsche Vorstellungen gemacht hatte, war es leider schon zu spät. Über allen Gipfeln ist Ruh, und es ist ein immerwährendes Näher, mein Gott, zu Dir. Das Leben eines rheinländischen Importeurs ist zu beklagen. Da schüttelt ein Schweizer Bergführer den Kopf.

Da schüttelt noch einer nur den Kopf. Alle schütteln sie nur die Köpfe, sie können nicht anders.

Dort geht ein Deutscher ohne Kopfbedeckung, siehst du. Noch einer. Noch einer.

Ein Gewitter zieht auf, ausgekocht an einem langen Sommertag über windlosen Kesseln in brütender Hitze. Und ehe sich der Wanderer versieht, umgibt ihn das herrlichste Alpengewitter in seiner ganzen schaurigen Majestät elementarer Naturgewalt. Geröll donnert talwärts (vermengt mit deutschen Touristen). Die Bergwacht kann nur noch die letzte Ehre erweisen.

Man kennt die Leichen, die der Gletscher nach Jahren unten ins Gestein der Moräne entläßt (als würde er sie ausschwitzen, schrieb einmal ein Dichter). Stumme Zeugen alpinen Unverstandes! Sie sprechen eine deutliche Sprache.

Einerseits sind die Alpen Kulisse und Panorama, andererseits vor allem aus Kalk.

Fragen wir uns zuletzt nach dem Wesen der Berge. Sind sie lediglich Übertreibungen, Auswüchse, Beulen im Tiefland? Oder sind sie nicht vielmehr unser Schicksal?

Katzenpuffer

Der Katzenpuffer zieht über Land. In manchen Jahren zweimal, öfter auch nur einmal, immer aber im Herbst kommt er, um da und dort nach dem Rechten zu sehen. Wird er im Dorf bemerkt, sammeln aufgeregte Mütter ihre verständnislos fragenden Kinder ein, verstecken sie oder schicken sie weg. Sie sollen nicht Zeugen dessen werden, was jetzt geschieht.

Der Katzenpuffer bringt Ordnung ins Haus. Vor allem nimmt er sich der Katzen an, entfernt und beseitigt, im Handumdrehen und ohne viel Federlesens (diskret).

Gerade die Katzen sind ja maßlos im Geschlechtlichen. Die Weibchen sind die Huren unter den Haustieren, rettungslos nymphoman, die Kater aber Satyre und Satyriasten, Böcke, immer am Jaulen und Springen. Nur die Schmerzen, die sie leiden (wie ihr Geheul zeigt), mögen sie entschuldigen. Die konsequente Folge stellt sich jährlich zweimal in starken Frühjahrs- und Herbstwürfen ein, die kein auch noch so großer Bauernhof auf die Dauer verkraften kann. Da erfüllt der Katzenpuffer seine Aufgabe. Namentlich die Herbstkätzchen, die das Stadium der Triefäugigkeit vor Einbruch des Winters nicht hinter sich bringen können, und darum sowieso wenig Überlebenschancen haben, gehören ihm. Jedoch auch auf alte Katzen, die das Mausen nur noch vom Hörensagen kennen, sowie auf junges Gesindel, das es offenbar erst gar nicht lernen will, fällt der scharfe, schielende Blick des Zuchtmeisters. Die Devise des Katzenpuffers heißt, wer nicht arbeiten will, soll auch nicht fressen. Und er hilft denen, die nichts mehr vom Leben haben. Er hilft ihnen weiter.

Betritt er das Haus, bedarf es nicht vieler Worte, die Verhältnisse sind ihm bekannt, schon im letzten Jahr war ihm klar, was ihn heuer hier erwarten würde. Er weiß die Plätze, wo sich die Tiere aufhalten, er kennt die Schliche, wie man sie lockt und fängt. Die eigentliche Exekution, bei der er sich nicht zuschauen läßt und bei der auch niemand zuschauen möchte, geschieht in der Regel auf der sogenannten Gred (von lat. gradus), einer Art Gehsteig entlang der Stallmauer im Innenhof. Neben ihrer sexuellen Unmäßigkeit zeichnet die Katzen bekanntlich ein überaus zähes Leben aus. Wie von den Schlangen heißt es auch von ihnen, daß sie letztlich erst sterben können, wenn die Sonne untergeht, neun Leben hat die Katze. Was so schwer stirbt, bedarf einer geschickten und zugleich energischen Hand. Der Katzenpuffer ist kein Sadist, nur wenn ihn etwas ärgert, wenn sich ein Todeskandidat besonders widerborstig anstellt, kann er böse werden und auch schon einmal etwas tun, was nicht unbedingt sein müßte. Die Tötungsarten sind im übrigen von Katzenpuffer zu Katzenpuffer verschieden, in einen Sack einbinden, mit den Händen den Schädel suchen und zertrümmern, halten aber die meisten nach wie vor immer noch für das Praktischste. Daher auch der Name Puffer. Händisch sind die Katzenpuffer ungemein flink. Sie wissen um den sogenannten Vorteil (den besonderen Griff), der, wie das Sprichwort sagt, das Handwerk treibt.

Die Älteren wollen wissen, daß sich die Katzenpuffer zur Zeit unserer Altvorderen nicht auf Tiere beschränkten. Damals, als die Geburts- und Sterbebücher noch nicht so akkurat geführt wurden wie jetzt. Noch heute bekreuzigt sich die Bäuerin, wenn sie den Katzenpuffer vom Prägarten her ins Vorhaus treten sieht. Gott sei bei uns, sagt sie.

Bereits äußerlich unterscheidet sich der Katzenpuffer von allen übrigen vazierenden Handwerkern und Dienstleistenden, dem Störschneider, Gottscheeberer, Quartierer, Wasenmeister, dem Germ- und dem Wagenschmieremann. Ein hoher Grad an Verwahrlosung in Kleidung und Haltung kennzeichnet ihn. Er hat die lederne und grindige Haut von Leuten, die Katzen- und Hundeschmalz auf dem Brot essen, und verwitterte, gelbe Augen, wie sie leberkranke Rumtrinker auszeichnen. Haare (sofern vorhanden) wirr. Schuhwerk abgerissen, in der Regel leicht, Sandalen oder abgeschnittene und durchlöcherte Gummistiefel, manchmal auch ausgediente Salonschuhe. Über der Schulter trägt er einen Sack, in dem er die brauchbaren Kadaver nach Hause mitnimmt.

Adolf Hitler hatte bereits vor dem Ersten Weltkrieg in Wien den Plan für ein mobiles Reichsorchester ausgearbeitet, mit dem er endlich Musik unter die Leute und auch auf die Dörfer zu bringen gedachte (namentlich seinen geliebten Wagner), als er zu seinem Freund August Kubizek sagte: Gustl, mir gehn heute die Katzen inspizieren. Er schickte sich an, ein leidiges Problem und ein schlimmes Ärgernis im Sündenbabel Wien, das seiner aufrechten oberösterreichischen Seele schwer zu schaffen machte und zuwider war, zu studieren, um im Anschluß daran einen umfassenden Sanierungsplan zu entwerfen. Den Ring des Nibelungen noch im Ohr, eilten Adolf und August diesmal nicht schnellen Schrittes ihrem Zimmer in der Stumpergasse zu (um wie sonst das unvermeidliche

»Sperrsechserl« zu sparen), sondern bogen in die Siebensterngasse ein. Einmal, sagte Adolf zu August, müssen wir uns ja den Pfuhl der Laster anschauen. Das anschließende Sperrsechserl war übrigens die einzige Ausgabe dieser Art, die Hitler in seinem langen Leben in solche Individuen investierte. Was er hier an Unmoral erlebte, aus Fenstern hängende (nackte) Brüste, entblößte Schenkel, eindeutige Gesten und was dergleichen mehr ist, empörte ihn zutiefst. Aufrecht, mehr im Stechschritt als in ziviler Gangart die Prostituierten passierend, machte er seiner Empörung gleich an Ort und Stelle Luft, indem er mit kräftigen Ausdrücken auf den zoologischen Charakter des Ganzen anspielte, was ihm jedoch von einem der Mädchen die spöttische Bemerkung einbrachte, er möge zur Mutti heimgehen, er wäre wohl noch braun am Arsche. Er ignorierte es und sagte zu seinem unscheinbar neben ihm einhergehenden August: Wie die Tiere, Gustl, wie die Tiere. Da hilft nur noch der Katzenpuffer. Ein Katzenpuffer muß her.

Heimgekehrt in die Stumpergasse, hat sich Adolf Hitler noch in derselben Nacht einen detaillierten Plan zur Bekämpfung dieses und vieler anderer ähnlich gelagerter Übelstände ausgedacht. Gleich am folgenden Morgen trug er ihn seinem Freunde vor. Kubizek konnte damals nicht ahnen, daß sein lieber Adolf einmal der größte Katzenpuffer aller Zeiten werden sollte.

Der Spitzensportler

Große Sportler müssen nicht dumm sein, niemand zwingt sie. Trainieren müssen sie, trainieren natürlich fleißig. Bleibt freilich wenig Zeit zum Lernen. Daß Spitzensportler dumm sind, ist längst als Klischee entlarvt. Klischees sind der triviale Ausdruck wohlfeiler Wahrheiten. Die Dummheit ist die Binsenweisheit des Sports. Die Ausnahmen sind nicht zu übersehen. Kluge Ausnahmen bestätigen die blöde Regel.

Es ist ganz einfach zu erklären, wie die Sportler zu ihrem schlechten intellektuellen Ruf gekommen sind. Intellektuelle haben ihnen diesen Ruf angehängt, sehr unsportliche Existenzen. Oft handelt es sich dabei um Journalisten und Schriftsteller, die aus einem Neidkomplex heraus alles körperlich Tüchtige und Athletische denunzieren. Der Verfasser des Buches »Der Leumund des Löwen«, das eigentlich »Die Verleumundung des Löwen« heißen sollte, mißt beispielsweise nur 1 Meter und 69 Zentimeter, das sagt alles.

Ich beginne von vorne und baue jetzt einmal systematisch einige Spitzensportler auf. Mein erster Kandidat heißt Siegfried, seine Angehörigen und die Reporter nennen ihn später Sigi, auch noch als alten Mann. Sigi ist Gastwirtssohn und Tiroler, er hat sieben Geschwister und einen elendslangen Schulweg. Sigi legt den langen Schulweg ins Tal im Winter, der hier sehr lange dauert und fast nicht mehr aufhören will, mit den Schiern zurück. Ich kann keinen Schuhlbus nicht benutzen, sondern fahre ich immer zu Fuhs zur Schuhle, schreibt der Bub einmal in einem Schuhlaufsatz. Sigi ist auf dem Schulweg besser als in der Schule, aber die Anfahrt wird leider nicht benotet. Sigi kommt jedenfalls schnell und gut zur Schule, aber dort langsam voran und schlecht weg. Er fährt von Jahr zu Jahr schneller zur Schule, weiß aber von Jahr zu Jahr weniger, wozu und warum eigentlich. Als Schifahrer fällt er auf, als Schüler ab. Am Schluß, erinnert sich später einmal sein Lehrer, raste der Sigi praktisch nur noch zum Sitzenbleiben zur Schule.

Die moderne medizinische Wissenschaft behauptet, daß ein überzüchteter Intellekt alles Vitale, Vegetative sowie den kreatürlichen und natürlichen Instinkt im Menschen verschüttet, ja abtötet. Ein Sportler aber muß Intuition besitzen und seinen Verstand abschalten können. Je weniger er abschalten muß, umso besser natürlich für ihn. Der Sportler muß sich konzentrieren können, er darf sich durch nichts irritieren lassen. Die Irritationen aber kommen aus dem Intellekt. Die Lateiner sagten: Mens sana in corpore sano, zu deutsch: Ein gesunder Geist in einem gesunden Körper. Gesund im sportlichen Sinne ist der Geist dann, wenn er sich nicht störend, das heißt überhaupt bemerkbar macht, sondern ruhig verhält. Einen gesunden Geist darf man wie einen gesunden Magen nicht spüren. Wo der Geist anfängt herumzugeistern und sich zu rühren und zu bewegen, ist er schon nicht mehr ganz gesund. Man nennt das Kopfweh. Soweit die Wissenschaft, die heute beim systematischen Aufbau eines Spitzensportlers nicht übergangen werden kann, warum auch ich beim systematischen Aufbau meines Sigi auf ihre fundamentalen Einsichten und Erkenntnisse nicht verzichten möchte.

Sigi zeigt auch später, als er bereits alle Schüler- und Juniorenrennen hinter sich und gewonnen hat, im Nationalkader eine unglaubliche physische Kondition und eine ganz außergewöhnliche psychische Konstitution, Stabilität und Robustheit. Den Diplompsychologen, der dem Trainer zur Seite gestellt worden ist, läßt Sigi samt seinem Diplom dort stehen. Sigi weiß und versteht einfach nicht, was der Studierte von ihm will. Und mehr als gewinnen kann Sigi ja nun wirklich nicht. Einen Gesunden können die Ärzte nur verderben. Sigi hat Nerven wie die Bergbahnen Drahtseile. Seine Seelenruhe steht zu den vielen Stundenkilometern seiner Schußfahrten im Umkehrverhältnis. Sigi ist immer der erste. Sein damaliger Lehrer äußert einmal den kuriosen Verdacht, daß Sigi wegen seiner Rechenschwäche immer nur erster wurde. Er kann nicht besonders weit zählen, sagte der Lehrer.

Sigis Bildung reicht durchaus. Die Abfahrtszeiten der Züge und Flugzeuge sucht doch der Mannschaftsbetreuer heraus. Und um seine Finanzen kümmern sich einige Firmen, deren Produkte er trägt oder fährt.

So wurde der Hilfsschüler Siegfried allein durch schnelles Fortbewegen auf zwei länglichen Hölzern aus Kunststoff zum Nationalhelden und mit seinem Rennanzug in Schockfarben zum leuchtenden Vorbild der Jugend. Der Präsident der Republik forderte vor allem die studierende Jugend des Landes auf, sich am Sportler des Jahres und Olympiasieger Siegfried ein Beispiel zu nehmen. Denn trotz seiner sportlichen Erfolge war Sigi bescheiden geblieben, er machte nicht viel von sich her und gebrauchte auch in den Interviews immer nur seinen bescheidenen kleinen Wortschatz. Fragten ihn die Reporter nach einem Rennen: Sigi, wie war's?, so sagte er: Ich bin einfach voll g'fahr'n. Fragten ihn die Reporter nach seiner Meinung über das nächste Rennen: Sigi, wie wird's?, dann sagte er: Ich werd' wieder voll fahr'n.

Seine Heimatgemeinde schenkte Sigi ein Hotel und einen Geschäftsführer, einige Mädchen schenkten ihm

Kinder. Denn schnell scharen sich um Spitzensportler immer sogenannte Spitzenfrauen. Seit sich Sigi nun aus dem aktiven Rennsport zurückgezogen hat, sitzt er in seinem Hotel und gibt Autogramme. Autobusweise kommen die Wallfahrer an. Siegfried aber, der große Siegfried, sitzt eingekeilt und umringt von seinen Verehrern und schreibt und schreibt, hundertemal hintereinander immer wieder seinen Namen in Bücher und auf Zettel: + + +.

+ + + ist auch der Verfasser eines Buches über den Schirennsport, es heißt »Meine Siege« und war ein Start-Ziel-Sieg, wie der Verleger auf einer Pressekonferenz sagte. Startauflage: 200 000 Exemplare. Gegen Leute, die behaupten, + + + sei gar nicht der Verfasser des Buches, werde er gerichtlich vorgehen, die Anzeige ist schon erstattet, sagte der Verleger, sie lautet auf Verleumdung.

Das war Siegfried, der erste von mir systematisch aufgebaute Sportler. Vielleicht sollte ich doch erwähnen, daß man bei der Errichtung eines Spitzensportlers auch auf scheinbar Belangloses wie die Namensgebung acht haben soll. In meinem ersten Fall bewährte sich natürlich der Name Siegfried. Nomen est omen, sagt der Lateiner, zu deutsch: Namen sind mehr als Schall und Rauch.

Beim zweiten Spitzensportler handelt es sich um einen Boxer. Er heißt Frank und ist Neger, was sich vor allem bei Verletzungen, sogenannten Cuts, günstig auswirkt, weil man das Blut nicht so bemerkt. Was die Notwendigkeiten auf dem Gebiete des Mentalen betrifft, so gilt auch hier im wesentlichen das am Beispiel des Tirolers Ausgeführte. Mit Rassismus hat meine Geschichte somit auf keinen Fall etwas zu tun. Bei Auftauchen eines solchen Vorwurfes kann ich beim jetzigen Stand meines Textes getrost meinen Landsmann Siegfried zitieren, den ich auch nicht nur mit Vorzügen versehen habe.

Auch bei Auf- und Ausbau eines Spitzenmannes auf dem Boxsektor müssen wieder Natur und Umwelt ein wenig mitspielen. Was das Körperliche anlangt, so ist hier etwas mehr vonnöten als nur eine Nase, die nicht zu weit in den freien Raum hinausragt, wie ein Laie vielleicht meint. Der Mann muß Gewicht auf die Waage bringen, dieses Gewicht darf aber nicht von Fett herrühren, sondern von festem Muskelfleisch.

Zum Sozialen: Ein Aufwachsen in Slums kann eine Boxerkarriere nur fördern. Der junge Mensch wird so frühzeitig auf seine körperlichen Möglichkeiten aufmerksam. Frank mußte sich durchboxen, von Kindheit an. Auch ein kurzes Gastspiel im Milieu und gewisse Erfahrungen mit Kriminellen können nur nützen, solange sie nicht ausgesprochen schaden.

Eines Tages kommt der Big Boss in den Slum, um nach Talenten Ausschau zu halten. Er stellt sich auf die Hinterhöfe und beobachtet die Balgereien der jungen Leute. Über die Unterlegenen, die zu Boden gegangen sind, sieht er hinweg, die Fäuste der Sieger und Triumphatoren betrachtet er sich schon genauer. Einen aber nimmt er mit, kleidet ihn neu ein, bringt ihm Manieren bei und übergibt ihn dem Trainer. Dies ist der Anfang des unaufhaltsamen Aufstieges des Champions, des Meisters aller Klassen, den sie heute Frank the Lion nennen. Er führt aus dem Elend eines Slums einer mittleren Großstadt im amerikanischen Süden hinauf (Richtung Norden), steil hinauf bis zu den höchsten Ehren, die der Boxsport zu vergeben hat.

Dies ist natürlich ein weiter Weg, liebe Freunde, und er kostet Kraft und Ganglien. Wenige haben ihn ohne Schaden zurückgelegt, mancher Boxer sieht danach leider wie ein Boxer aus. Damit ist nicht der Hund gleichen Namens gemeint, der diesen Namen nicht verdient, jedenfalls nicht mutwillig verschuldet hat. Er ist nur das Produkt einer sonderbaren Züchtung durch den Menschen. Eine Sache der Promotion.

Der dritte Sportler, den ich hier als literarischer Promotor promoviere, ist ein Fußballer, ein Vertreter eines Mannschaftssportes. Die Art dieses Mannschafts- und Männersportes verlangt von denen, die ihn ausüben, spezielle geistige und körperliche Voraussetzungen. Wir denken bei ersteren nicht an den absoluten Geist oder den Weltgeist, von dem Hegel spricht. Der Fußballer benötigt vielmehr Geist in der Form des Mannschaftsgeistes. Er soll kein extremer Individualist und Sonderling sein, er muß ja nicht nur spielen, sondern hin und wieder auch zuspielen. Wieder ist das Wichtigste aber das Unbewußte, man spricht etwa vom Riecher, auch Instinkt, einer zoologischen Fakultät also. Ich stehe aber nicht an zu behaupten, daß neben Geist, Instinkt und einem athletischen Körper zu einem überragenden Spitzensportler auf dem Felde des Fußballs noch mehr gehört, etwas schwer zu Beschreibendes, auch wissenschaftlich kaum Faßbares. Ich nenne es die Gnade des Himmels und den Eigentümer dieses göttlichen Geschenks den begnadeten Fußballer. Ein begnadeter Fußballer ist mehr als ein guter Fußballer.

Mein Superstar heißt Jesus Maria, genannt Jema, ist Südamerikaner und Mulatte und paßt somit als Mischling rassemäßig genau zwischen den weißen Tiroler und den schwarzen Amerikaner. Er beginnt bereits als Bub barfuß mit Konservenbüchsen zu schießen, steigt später auf sogenannte Fetzenbälle um und lernt erst relativ spät, nach seinem Eintritt in die Schülermannschaft, das runde Leder kennen. Von hier ab läuft seine Karriere nach dem bekannten südamerikanischen Muster, wie mit Oliven geölt.

Das Fußballspiel ist ein Kampf, seine Terminologie ist

militärisch, taktisch, strategisch, es kennt Offensive und Defensive, Bomben und Granaten. Und es kennt Verletzte und Verwundete, in Südamerika auch jede Menge Sterbeszenen, simulierte vor allem, aber auch echte. Oft ist das Spiel nur der Auslöser einer größeren Schlacht auf den Rängen, manchmal sind das Spiel und die Schlacht auf den Rängen sogar die Initialzündung für eine kriegerische Auseinandersetzung zweier benachbarter Länder. Der Krieg ist die Fortsetzung des Fußballs mit anderen Mitteln, in Südamerika, ich spreche immer von Südamerika.

Schluß mit dem planmäßigen Aufbau von Spitzensportlern, halten wir Gleichenfeier und setzen wir Rüstbäume.

Und wieder bleiben viele Fragen offen. Wie halten wir es mit dem olympischen Gedanken? Einer schreibt einen Brief an das Nationale Olympische Komitee mit der Bitte, bei den Spielen mitmachen zu dürfen. Er möchte nur dabeisein, siegen könne er gar nicht. Aber die Herren schreiben nicht zurück, eine Niederlage. Keine doppelte, sondern keine Moral. Und wie steht es um den Amateurstatus? Wann wird Amateur endlich als Beruf anerkannt, wie Installateur oder Spediteur? In den Fremdenverkehrsorten ist der Amateur, zu deutsch Liebhaber, längst eine feste Institution, es gibt somit schon Berufsbilder, an denen man sich orientieren könnte. Nicht behandelt wurde außerdem neben dem Spitzensport der Breitensport, neben dem Männersport der Frauensport. Ist der Sport wirklich nur eine herrliche, die herrlichste, und nicht auch die fraulichste Nebensache der Welt? Und zuletzt das delikate Problem des Hermaphroditen. Warum nur Damen *oder* Herren und nicht auch Zwitter, meine Damen *und* Herren?

Der Vater

Jedesmal, wenn es eine Schwierigkeit im Haus gibt, dann holt die Mutter den Vater, und der Vater kommt, wenn ihn die Mutter holt, weil es eine Schwierigkeit im Haus gibt, und der Vater fragt, was es denn gibt. Der Vater fragt dann immer, wo es denn hapert. Was hat es denn, wo brennt es denn, fragt er. Der Vater hört sich dann die Mutter an, und dann sagt er, nur keine Panik, meine Lieben, das werden wir gleich haben, sagt er, kein Grund zur Beunruhigung, das ist nur eine Kleinigkeit, und das macht keine Schwierigkeit, sagt der Vater. Und die Mutter sagt zu uns, Kinder geht einmal zur Seite, damit der Vater dran kommt, seht ihr denn nicht, daß ihr dem Vater im Weg steht, fragt die Mutter. Dann krempelt der Vater die Ärmel hoch und lacht, wenn er den Schaden sieht. Was, das ist alles, fragt er, und dann sagt er, das ist nur eine Lappalie und eine Geringfügigkeit und daß wir das gleich haben werden. Ich habe immer den Eindruck, daß die Schäden, die im Haushalt anfallen, für meinen Vater weit zu klein und zu gering sind, der Vater ist viel zu groß für diese kleinen Schäden, die im Haus anfallen. Der Vater würde mit ganz anderen Sachen fertig, Gott sei Dank haben wir aber keine solchen Schäden, dafür ist unsere Wohnung auch zu klein, wenn wo nicht viel ist, kann auch nicht viel brechen. Und immer, wenn etwas kaputt ist, dann lacht der Vater auch nur, wenn zum Beispiel das Bügeleisen gebrochen ist und der Strom der Mutter einen leichten Stoß gibt, wenn sie es angreift, oder wenn der Verschluß am Fenster klemmt. Der Vater sagt immer, was hätten wir denn da in Rußland gemacht 1943. Das ist gar nichts, wenn man es mit Rußland 1943 vergleicht.

In Rußland muß 1943 sehr viel kaputt gewesen sein, weil Vater immer sagt, was hätten wir denn da 1943 in Rußland gemacht. Ich glaube, der Vater hat in Rußland recht viel repariert und lauter schwere Schäden behoben. Damals war nämlich in Rußland der Krieg, und im Krieg geht sowieso immer sehr viel kaputt, und in Rußland ist besonders viel kaputt gegangen, weil sie nicht aufpassen konnten, wie der Vater sagt. Damals hatten sie 30 Grad, und zwar minus in Rußland, sagt der Vater, sodaß sehr viel gefroren ist, sogar Zehen. Und wenn bei 30 Grad Kälte 1943 in Rußland etwas gebrochen ist, dann sagt der Vater, daß er auch keine Miene verzogen hat. Damals hätte ich den Vater sehen mögen, wie er bei 30 Grad minus in Rußland immer keine Miene verzogen und alles repariert hat. Die Kameraden haben in Rußland immer gesagt, wenn etwas kaputt gegangen ist, holt den Freilinger Georg, das ist mein Vater, und dann haben sie in der Kompanie den Vater geholt, und der Vater ist hingegangen und hat keine Miene verzogen und hat den Schaden repariert. Er hat immer gesagt, sagt er, nur keine Panik, meine Kameraden, das haben wir gleich, Kameraden. Dann hat er gefragt, wo es hapert und brennt, und er hat gesagt, daß es keinen Grund zur Beunruhigung gibt. Was hätten wir denn 1943 in Rußland gemacht, hat der Vater damals nicht gesagt, denn das war ja 1943 in Rußland, drum hat er das damals natürlich nicht gesagt.

Einmal ist uns aber leider der Ölofen gebrochen, und das war ein größerer Schaden, als der Vater am Anfang gemeint hat. Als der Vater von der Arbeit nach Hause gekommen ist, hat die Mutter gesagt, daß wir ein Problem im Haus haben. Der Vater hat aber gleich gesagt, was hat es denn, wo brennt es denn. Leider, hat die Mutter gesagt, brennt es nicht, und zwar brennt es im Ölofen nicht, und das ist auch der Grund, warum es heute so kalt in der Wohnung ist, wie in Rußland. Die Mutter hat zum Vater gesagt, daß der Ölofen nicht mehr anspringt. So so, hat der Vater darauf gesagt, was du nicht sagst, der Ölofen springt nicht mehr an. Ja, wenn der Ölofen nicht mehr anspringt, hat der Vater gesagt, während er die Tasche niedergestellt hat, dann müssen wir halt etwas unternehmen, daß der Ölofen wieder anspringt. Darum bittet sie, hat die Mutter gesagt. Dann hat der Vater gesagt, nur keine Panik, meine Lieben, der Schaden kann nicht groß sein, und was hätten sie denn da 1943 in Rußland gemacht. Es ist zwar kalt in der Wohnung, aber 30 Grad minus haben wir gerade auch noch nicht. Die Mutter hat zu uns gesagt, daß wir zur Seite gehen und dem Vater nicht immer im Weg stehen sollen. Da sind wir zur Seite gegangen, und der Vater ist an den Ölofen und an das Problem herangetreten. Dann hat er noch einmal gesagt, so so, der Ölofen will also nicht, und daß wir halt dann einmal schauen wollen, ob er es sich nicht doch noch anders überlegt und gleich anspringen möchte. Der Vater hat aber immer das gesagt, was er gerade getan hat, und er hat auch immer alles getan, was er gesagt hat, das auch. Der Vater hat die obere Platte hochgehoben und gesagt, jetzt werde ich einmal die obere Platte hochheben. Dann hat er gesagt, jetzt werde ich einmal hier hineinschauen, und dann hat er wirklich hineingeschaut. Dann hat er die Ölzufuhr unterbunden und gesagt, daß er jetzt die Ölzufuhr unterbindet. Dabei hat er unten am Ofen eine Schraube angedreht. Das macht er deshalb, hat er gesagt, damit nichts mehr nachfließen kann. Wir haben nämlich im Grunde schon eine Überschwemmung, hat der Vater gesagt. Und das erinnert ihn schon an Rußland, wo 1943 auch die Wolga über die Ufer getreten ist. Dann hat der Vater aber recht gelacht, weil das mit der

Wolga ein Witz gewesen ist, wenn es 30 Grad minus hat. Und jetzt, hat der Vater zu mir gesagt, wie er mit dem Lachen fertig gewesen ist, bringst du mir einmal eine Rolle Klopapier. Und die Mutter hat zu mir gesagt, daß ich dem Vater eine Rolle Klopapier bringen soll, weil er sie höchstwahrscheinlich brauchen wird, obwohl sie sich das alles noch nicht vorstellen kann, weil sie nur eine Frau ist. Da habe ich dem Vater aus dem Klo eine Rolle Klopapier gebracht. Der Vater hat mir die Rolle aus der Hand genommen, und er hat immer mehr Papier von der Rolle heruntergedreht. Dann hat er das Papier abgerissen. Und jetzt, hat der Vater gesagt, werde ich das Papier hier hineinstecken, und hat das Klopapier beim Loch in den Ölofen hineingesteckt. Er muß nämlich, hat der Vater gesagt, den Ölofen trockenlegen, er muß die Überschwemmung in diesem Ölofen austrocknen, hat er gesagt. Das Prinzip hat der Vater das sogenannte Lösch- oder Fließpapierprinzip genannt. Er hat gesagt, daß das Klopapier jetzt eine Funktion hat, das Klopapier erfüllt genau denselben Zweck wie ein Schwamm, der alles aufsaugt. Dann hat uns der Vater gefragt, ob wir schon merken, wo er hinauswill. Die Mutter hat gesagt, daß sie beim Klopapier am Anfang nie gedacht hätte, wo der Vater damit hinauswill, daß sie aber jetzt schon sieht, daß der Vater wieder einmal recht gehabt hat und das Richtige unternommen hat. Da hat der Vater ein wenig lächeln müssen, weil er die Mutter wieder einmal überzeugt hat. Da sind wir alle recht stolz gewesen auf unseren Vater.

Jetzt, hat der Vater gesagt, hat er zwei Möglichkeiten. Der Vater hat gesagt, daß er jetzt entweder das Klopapier, das vom Öl durchtränkt ist, aus dem Ofen herausziehen kann, das ist die eine Möglichkeit, oder daß er das Klopapier, das jetzt ein Ölpapier ist, auch im Ofen anzünden kann, das ist die Möglichkeit Numero zwei. Dann hat sich der Vater hingestellt und hat gesagt, daß er jetzt die Vor- und Nachteile der einzelnen Möglichkeiten gegeneinander abwägt und daß er sich für die bessere Möglichkeit von den beiden entscheiden wird. Die Möglichkeit Numero zwei, hat der Vater gesagt, ist die bequemere, hat aber den größeren Risikofaktor. Der Vater hat gesagt, daß er sich nicht wegen der Bequemlichkeit, sondern aus vernünftigen Gründen für die Lösung Numero zwei entscheidet, weil das Risiko kalkuliert ist und weil auch die Lösung Numero eins keine ganz saubere Lösung ist und eine gewisse Verschmutzung mit sich bringt.

Leider hat sich der Vater dann wirklich für die Lösung Numero zwei entschieden.

Als wir ihn am anderen Tag im Krankenhaus besuchten, war er schon wieder ziemlich wohlauf. Er sagte immer zu uns, nur keine Panik, meine Lieben, das ist nur eine Kleinigkeit, und das werden die Ärzte gleich haben, es hat ihm nur leider das linke Trommelfell beschädigt, aber das werden die Ärzte schon richten, die Ärzte haben in Rußland 1943 bei Stalingrad ganz andere Schäden behoben. Der Vater sagte, daß er sich diese unverhoffte Explosion überhaupt nicht erklären kann und daß der Ofen genau genommen gar nicht explodieren hätte dürfen, weil er alle Faktoren in Rechnung gestellt hat. Der Vater sagte aber, daß er zugibt, daß er bei der Lösung Numero zwei den Risikofaktor vielleicht ein bißchen zu niedrig angesetzt hat und daß ihm das eine Lehre für die Zukunft ist. Der zweite Fehler war, daß er bei der Explosion den Mund geschlossen hatte, wenn er nämlich den Mund offen gehabt hätte, wie sie ihn beim Militär in Rußland bei den Explosionen immer offen gehabt haben, dann wäre das mit dem Trommelfell nicht passiert, sagte er. Der Vater fragte die Mutter, wie die Wohnung ausschaut, die Mutter weinte aber leise und sagte, daß die Wohnung leider sehr ausschaut und daß wir jetzt leider in der Wohnung die russischen Verhältnisse haben. Der Vater fragte immer, was sie sagt, weil er sie nicht verstand, weil die Mutter auf der linken Seite saß, wo es dem Vater das Trommelfell zerrissen hatte.

Der Lehrer

Das Wissen ist die Macht des Lehrers, seine Frau führt die Haushaltskasse. Der Herr Lehrer hat sein Buch, und seine Gattin hat ihn in der Hand, so hat ein jedes etwas. Ich habe nichts gegen deine Bücher, sagt die Frau des Lehrers zum Lehrer, aber steht in deinen Büchern nicht auch, daß sich ein Mann vor allem um seine Frau und seine Familie kümmern muß? fragt sie zänkisch. Je mehr sie aber keift, umso tiefer vergräbt er sich in seine Bücher.

Sein Lieblingsbuch ist Robinson Crusoe. In einer familiären Situation wie der angedeuteten werden freilich auch Sachbücher zu Traumbüchern. Selbst Werke der Verhaltensforschung liest ein Mensch wie mein Lehrer als eskapistische Literatur. Das aber hindert ihn nicht, wenn auch nur heimlich, von den Graugänsen des Verhaltensforschers auf seine Gattin zu schließen. Manchmal meint er in ihr nicht dem sogenannten Bösen, sondern dem Bösen an sich und schlechthin zu begegnen. Sie ist, mit der Verhaltensforschung gesprochen, aggressiv und angriffslustig, er macht einen eher unlustigen und verhältnismäßig verhaltenen Eindruck.

Wozu aber solche nach außen hin völlig ruhig scheinenden Menschen plötzlich oft fähig sind, darüber hat sich nicht nur manche Landesschulbehörde schon gewundert. Das hat schon Mordkommissionen beschäftigt. Und Psychiater. Ohne Vorwarnung, bloß aus einem momentanen Ärger darüber, daß er nach dem Aufräumen seiner Frau seinen Robinson nicht finden kann, verwüstet der Herr Lehrer wie aus heiterem Himmel die Wohnung, räumt seine Frau aus dem Weg und stürmt, nachdem er mit seiner Frau aufgeräumt hat, ins Freie, wo er schließlich auf einen Hochspannungsmast klettert und von oben weinend nach Freund Freytag Ausschau hält. Das Ganze spielt sich irrsinnigerweise in den Ferien ab. Dies ist eine Anmerkung der epischen Vollständigkeit halber, soll aber nicht von der Tragik des inkriminierten Falles ablenken. Die Biographie manches auffällig oder gar straffällig Gewordenen ist von vorne bis hinten ein einziger mildernder Umstand.

Oder plötzlich schulspezifische Verfehlungen, Päderastie etwa. Wie die Wirtschaft ihre Wirtschaftskriminalität, so hat auch die Schule ihre eigentümlichen Versuchungen und Verstöße. Geschäfte machen und Steuer hinterziehen kann ein Lehrer kaum, Unzucht mit Abhängigen aber kommt leider vor.

Die Mädchen der höheren Klassen besitzen bereits einen gefährlichen pädagogischen Eros. Ihre Leibeserziehung übernehmen deshalb lieber weibliche Lehrkräfte. Sie können sie besser anfassen, bitte keine Schlüpfrigkeiten! Die Mädchen können auch mit Geschlechtsgenossinnen im Lehrkörper problemloser sprechen. Haben sie eben Besuch, so brauchen sie nicht zu sagen: Ich habe Besuch. Besuch ist schlecht, unwohl ist gut. Deshalb soll der Lehrkörper im Turnen immer dieselben Geschlechtsmerkmale tragen.

Schwangerschaft ist ein Befreiungsgrund. Gravidität hat nichts zu tun mit Bauchaufschwung, läßt ihn im Gegenteil als untunlich erscheinen. Früher war sie notwendig nicht nur mit dem Abgang vom Gerät, sondern auch von der Schule verbunden. Eine Unterbrechung bedeutet sie natürlich auch heute. Die Mitschüler sagen von einer solchen Unglücklichen: Sie wurde aufgerundet. Man kann aber den Turnunterricht der Mädchen nicht mit der Sexualkunde der Jungen zusammenlegen, wie einmal ein Siebengescheiter in Sachen Sex gemeint hat.

Hier stellt sich einmal mehr die Frage nach der Koedukation, die Vorteile sind bekannt, manchem Mädchen ist daraus freilich auch schon ein Nachteil erwachsen. Zu den Vorteilen: Burschen und Mädchen werden früh an einen natürlichen Umgang miteinander gewöhnt. Es wird die Einsicht gefördert, daß Mädchen nicht schwach und dumm und Burschen nicht immer stark und klug sind. Jedes gibt oder nimmt, was es hat oder braucht. Do ut des, sagt der Lateiner. Er läßt abschreiben, sie läßt sich nicht lange bitten. Adam erklärt Eva ein schwieriges Problem wie den freien Fall, Eva schenkt Adam einen Apfel. Kenntnisse und Würste wechseln ihre Besitzer, fleischliche und geistige Güter werden sozialisiert. Karl rechnet Inge etwas vor, Inge rechnet nach, das könnte sich ausgehen, bleibt kein Rest.

Geraucht wird in der großen Pause im Freien. Lehrer und Schüler umgibt eine Rauchwolke und sind dadurch kaum noch voneinander zu unterscheiden. Früher lag der Schulhof im Klosett.

Die Schüler nehmen sich an den Lehrern im Guten wie im Schlechten ein Beispiel. Lehrer sind, wie die Soziologie so treffend sagt, Multiplikatoren. Das bedeutet aber auch umgekehrt: Der Lehrer ist immer in der Minderheit. Der Lehrer sieht sich allein dreißig Kindern gegenüber. Auch wenn die gegenwärtige Schulpolitik fortgesetzt wird, dauert es noch 100 Jahre oder länger, bis wir beim Bruch Lehrer durch Schüler ein reziprokes Verhältnis erreicht haben. Sind wir einmal mit unserer Verschulung so weit, so wird eine ganze Klasse Lehrer auf einen einzigen Schüler warten. Dann wird der Schüler die Dividende der Lehrer sein. Jetzt ist es umgekehrt. Die Schüler sind ein Vielfaches des

Lehrers. Nimmt man pro Schüler noch seine zwei Eltern dazu, die natürlich ebenfalls seine Partei ergreifen, so wird einem schon klar, daß sich der Lehrer auf die Füße stellen muß, wenn er bei dieser Übermacht des Gegners nicht dividiert werden will. Manche Eltern sind bedauerlicherweise so uneinsichtig, daß sie eher verlangen, die Grundlagen der Mathematik oder die Erdgeographie zu verändern, als daß sie eine schulische Veränderung an ihrem Sprößling in Gestalt von Wissensaneignung in Betracht ziehen und erlauben würden. Die Kleinen müssen ihrer Meinung nach im Zustand der Unschuld und der Unwissenheit erhalten werden. Viele Lehrer aber sind selbst Eltern!

Es muß alles in Frage gestellt werden, es muß alles hinterfragt werden. Dies ist eine vernünftige Forderung. Ein Lehrer aber, der wegen der ständigen Schulreformen nicht mehr aus und ein weiß, ist der festen Überzeugung, daß nun endlich auch das Hinterfragen einmal hinterfragt werden müßte. Wir haben die Schule in Frage gestellt, sagt dieser Jünger Pestalozzis, und da liegt sie jetzt. Er verlangt statt der vielen Fragezeichen endlich einen Punkt und ein Rufzeichen! Vor lauter Schulversuchen ist die Schule heute insgesamt nur noch ein Versuch, und zwar ein mißlungener. Die Schule muß jetzt endlich einmal einige Zeit in Ruhe gelassen werden und außer Frage stehen. Dieser Lehrer vergleicht die Schule mit einem Patienten, der mit tausenderlei Medikamenten zu Tode kuriert wird. Planlos, behauptet er, wird *experimentiert*. Ja, die Schule war sogar ein Gesunder, den man systematisch maladisiert hat. Und er verlangt entschieden eine Reform der Reformen, nach der Reform an den Gliedern eine Reform des Hauptes. Die Schulbehörde und das Ministerium werden oft als Haupt bezeichnet, er hält das Ministerium aber nicht für den Kopf, sondern für einen Kropf. Das Ministerium ist ein

Geschwür, sagt er, und zwar ein bösartiges. Das werden die hohen Herren aber nicht gerne hören. Hoffentlich bekommt der Herr Lehrer wegen des Kropfes da kein Disziplinarverfahren an den Hals. Eigentlich müßte er wissen, daß die Ministerialbürokratie oft nicht nur wenig von der Materie, sondern auch keinen Spaß versteht.

Der Dirigent und die Dirigentin

Japan war für mich ein unvergeßliches Erlebnis! Tokio, die größte Stadt der Welt, über 13 Millionen Einwohner, tagsüber noch mehr, ein asiatisches Gewimmel, 13 Millionen Einwohner, und 11 Tausend davon faßt die Kaiserliche Tonhalle! Ein gewaltiger Raum, gigantisch in seinen Dimensionen, aber von erlesener Schönheit und von einer solchen akustischen Güte, daß der allerkleinste Japaner auf seinem Notsitz in der hinterletzten Reihe noch das zarteste Pianissimo der Harfe versteht und mitbekommt. Die Japaner sind sehr, sehr leise, unendlich leise. Das kommt der Akustik noch entgegen. Fußscharren oder Räuspern und Schneuzen, wie wir es aus unseren europäischen Konzertsälen kennen, ist den Japanern gänzlich unbekannt. Japan hört! Japan kann zuhören! Liegt diese atemberaubende Leisheit nur an der Kleinwüchsigkeit der Japaner? Der Japaner geht mir durchschnittlich nur bis zur Schulter. Aber an der Statur kann es nicht ausschließlich liegen. Es gibt bei uns genügend körperlich zierliche Menschen, die einen höllischen Lärm machen. Unvergleichlich wie die japanische Ruhe ist aber auch die Musikbegeisterung im Land der aufgehenden Sonne. Der Beifall nach unseren Konzerten in Osaka, Tokio, Niigata, Akita und Aomori stellt jeden Applaus, selbst den amerikanischen, weit in den Tonschatten. Japan ist forte, fortissimo. Hier wirkt sich natürlich auch die asiatische Überbevölkerung positiv aus. Es ist ein Unterschied, ob ein paar hundert Europäer, und seien es Italiener oder sonst welche feurigen Südländer, bravo oder bravissimo rufen, oder ob 11 Tausend Japaner oko oder iko brüllen, oder was sie brüllen, zu verstehen sind sie ja nicht. Die Japaner verstehen unsere Musik, aber wir verstehen ihre Sprache nicht. Und noch eines, die Konzertsäle sind voll von jungen Menschen, lauter gut gekleidete, ordentlich frisierte, freundliche, kleine, junge Japaner. Man kann den Ostasiaten freilich, was sein Alter betrifft, schwer schätzen, aber an der Jugend unseres Publikums in Japan habe ich keinen Zweifel.

Zurück zum Applaus, diesem asiatischen Applaus, der mir noch heute in den Ohren klingt. In unseren europäischen Häusern weht ein lindes Lüftchen, in den japanischen tobt ein Sturm, ein Orkan, ein Taifun.

22mal mußte ich nach unserem Konzert in der Kaiserlichen Tonhalle von Tokio vor meine Philharmoniker treten und mich verbeugen. Und als Zugabe mußten wir auch in anderen Städten nicht selten die halbe Wiener Klassik herunterspielen. In Tokio waren die Leute nicht mehr zu halten! Kaiser Hirohito war persönlich anwesend, und auch er schien in seiner Loge überwältigt. Ich sah, während ich mich immer wieder verbeugte, daß auch er sich ständig zu mir her verneigte, ein eigenartiges und ungewohntes Gefühl selbst für mich. Noch nie hatte sich vorher in meinem langen Dirigentenleben ein japanischer Kaiser vor mir verneigt. Beim anschließenden Empfang küßte mir eine kleine japanische Prinzessin sogar die Hand! Andere Länder, andere Unsitten, habe ich später auf meine humorvolle Art im Hotel zu meiner Gattin gesagt.

Der Empfang war übrigens ein Kapitel für sich, auch er ein einmaliges Erlebnis in seiner Art. Ich wurde mit Geschenken überhäuft, Geschenke über Geschenke, asiatisch, asiatisch! Geschirr und Besteck so viel, daß ich mit meiner Frau heute ein japanisches Restaurant aufmachen könnte! Aber auch größere Objekte, unter anderem ein Yamaha Motorrad für meinen Sohn, und ich weiß nicht, was noch alles! Heute für mich unvergeßlich, aber damals ein wenig unverständlich, das Geschenk des japanischen Herrscherhauses selbst! Der Tenno ließ mir von seinem Beiläufel eine Kuckucksuhr überreichen! Die Asiaten sind manchmal unberechenbar. Stellen Sie sich vor, eine Kuckucksuhr, made in Japan! Mit allem hatte ich gerechnet, aber mit einer Kuckucksuhr, made in Japan, nicht, das muß ich zugeben. Ich war verdutzt. Einer geschenkten Kuckucksuhr schaut man nicht ins Maul, sagte ich später in der humorvollen Art, die mir eigen ist, zu meiner Gattin, der ich alles verdanke, was ich in meinem Dirigentenleben bisher erreicht habe. Ich kam über diese Kuckucksuhr nicht so schnell hinweg, das muß auch der Tenno an meiner Miene gemerkt haben. Er sagte darauf wie zur Erklärung, die Kuckucksuhr sei ein beredtes Zeichen für die große Hochachtung aller Japaner einschließlich ihres Kaisers vor Österreich und seiner wunderbaren Musikkultur. Dann verbeugte er sich wieder sehr tief, und auch ich verneigte mich, soweit es die Kuckucksuhr in meiner Linken erlaubte. Anschließend verteilte der österreichische Botschafter in Japan noch an alle Japaner, soweit sie anwesend waren, Mozartkugeln, das obligate Geschenk des österreichischen diplomatischen Außendienstes bei solchen Anlässen. Es war ergreifend und rührend, wie diese vielen kleinen Japaner mit einer unnachahmlichen asiatischen Artigkeit die kleinen Mozartkugeln in Empfang nahmen! Es war, als würde an eine Schar frommer Novizen die heilige Kommunion ausgeteilt. Ich werde das nie vergessen. Immer nur Lächeln! Ich habe ähnliche Szenen in aller Welt bei Empfängen der österreichischen Botschaften und Kulturinstitute erlebt, aber nirgends so wie im Land der aufgehenden Sonne. Natürlich kommt uns Europäern einiges in Fernost sehr fern und östlich vor, aber gerade wir Deutschen und Österreicher haben nach allem, was durch uns in der jüngeren Vergangenheit geschehen ist, wirklich keinen Grund, auf diese kleinen Menschen in Ostasien herabzublicken, wir am allerwenigsten. Wir haben heute Gott sei Dank zu einem guten und menschlich würdigen Verhältnis zu diesen vielen kleinen Menschen außerhalb unseres Gesichts- und Kulturkreises zurückgefunden. Sind doch nette und liebe Leute, sage ich oft in meiner leutseligen Art zu meiner Gattin, der ich alles verdanke, was ich in meinem Dirigentendasein erreicht habe und geworden bin. Davon einmal ganz abgesehen, daß Japan einen praktisch unerschöpflichen Markt bedeutet, gerade auch, was das musikalische Produkt betrifft. Wir Musiker sind Botschafter der Musik und des Friedens. Wir machen im Fernen Osten Musik, und die Japaner hören uns zu, das ist unsere Politik, wenn Sie so wollen. Oh, ich schwärme für das japanische Publikum!

Ich betrachte es als eine Gnade Gottes und als ein Geschenk meiner lieben Frau, daß ich immer wieder in der ganzen Welt Menschen antreffe, die ich mit meiner Musik erfreuen und begeistern darf. Und ich habe überall auf dem Erdball begeisterte Zuhörer angetroffen, aber ich stehe nicht an zu bekennen, daß der Japaner meinem Dirigentenherzen am nächsten steht, als Zuhörer, als Publikum. Ich liebe diese leisen Leute, Menschen, die mit unendlicher und unerschöpflicher Geduld zuhören können, die begeisterungsfähig sind und mit Applaus nicht geizen. Die Asiaten, die Japaner ausgenommen, wie auch die Menschen in Südamerika sind arm, sie sind mit materiellen Gütern oft weiß Gott nicht gesegnet, aber sie lieben die Musik, sie lieben sie inbrünstig. Und ein Mensch, der die Musik liebt, ist eigentlich nicht arm, er ist innerlich reich! Und sei er nach außen hin ärmer als eine Kirchenmaus.

Diese Menschen mögen hungrig sein, aber sie sind auch hungrig nach unserer österreichischen Musik, und sie haben, wenn Sie mir diese pointierte Ausdrucksweise erlauben, einen nicht zu stillenden Appetit auf unsere österreichischen Orchester und Interpreten. Sie sitzen in ihren Slums und Elendsquartieren und warten auf den großen österreichischen Dirigenten und auf unsere großartige österreichische Musik. Es klingt unglaublich, aber ich habe es tausendfach erfahren, ich weiß, wovon ich spreche! Sobald sie Musik hören, leben diese Menschen, die oft nicht das Nötigste zum Leben haben, auf. Jetzt vergessen sie ihren Magen und sind ganz Ohr. Die Menschen in Europa und Amerika sind dagegen übersättigt. Ihnen ist das Beste nicht gut genug. Musik und Religion sind die beiden Pfeiler, die diese Menschen stützen und aufrecht halten, ohne sie würden sie zusammenbrechen und ihr Dasein nicht ertragen können.

Und vergessen wir eines nicht. So arm sie vielleicht sein mögen, sie bleiben nichts schuldig, in keiner Hinsicht. Sie wissen sehr wohl, daß gute Musik ihren Preis hat. Der Yen zählt heute sowieso zu den härtesten Währungen der Welt, übertroffen an Härte höchstens von der deutschen Mark und dem amerikanischen Dollar, das nur ganz nebenbei. Die fernöstlichen Agenturen bieten einem Dirigenten von meinem Rang Honorare, daß sich Bayreuth und Salzburg ein Beispiel nehmen könnten, asiatisch, asiatisch! Aber ich spreche nicht gern von Geld und finanziellen Dingen, schon gar nicht im Zusammenhang mit Asien oder Südamerika. Über Geld spricht man nicht, das war zeit meines Dirigentenlebens mein Grundsatz. Und da muß ich wieder meine Gattin erwähnen, die mir alle organisatorischen und finanziellen Verhandlungen abnimmt. Ohne sie wäre ich heute nicht der, der ich bin und als den mich die Welt kennt. Du bist mein Finanzminister, sage ich manchmal im Scherz zu meiner Frau. Oder ich sage auch, ich bin der Dirigent und du bist die Dirigentin. Du bist die Chefdirigentin, sage ich. Ich habe es leicht, ich brauche nur den Musikern den Einsatz zu geben. Meine Frau aber dirigiert mich, mit Liebe und bedächtig. Meine Frau ist ein herzensguter Mensch, sie ist der herzensbeste Mensch, den Sie sich nur vorstellen können. Aber wenn sie verhandelt, wenn sie mit den Veranstaltern Termine und Honorare aushandelt, kann sie sehr streng und hart sein. Hart ist vielleicht ein wenig zu hart. Aber energisch schon, doch, energisch schon. Du würdest ja alles verschenken, sagt sie manchmal zu mir. Auch eine Asientournee kann nicht nur aus Benefizkonzerten bestehen, sagt meine Frau.

Advent

In der Vorweihnachtszeit des Jahres 1948 bekamen wir das erste Radio. Meine Eltern waren ursprünglich sehr gegen das Radiohören eingestellt. Schließlich gaben sie aber auf das Drängen von uns Kindern in Gottes Namen nach, die Mutter fuhr nach Wels und brachte ein Gerät nach Hause.

Der Vater war recht konservativ und sträubte sich gegen alles Neue, so auch gegen den Volksempfänger des Dritten Reiches. Da steckt der Teufel dahinter, sagte er. Er war über die Erste Republik und den Ständestaat hinweg Monarchist geblieben. Die Ablehnung des Volksempfängers war seine Art des Widerstandes. Er richtete sich gegen die technische Neuerung, aber auch gegen den gottlosen Geist, der aus ihr heraustönte. Vater hatte freilich plausible und praktische Gründe für seine Verweigerung. So redete er sich dem Bürgermeister gegenüber, der zu ihm gesagt hatte: Nun, Müller, du wirst dir doch auch einen Radio anschaffen, auf seine Gleichstromanlage heraus, die das Betreiben des Volksempfängers, der auf Wechselstrom angewiesen sei, leider nicht erlaube. In der Familie aber sagte er: Wenn einer keinen Radio hat, dann kann auch niemand kommen und zu ihm sagen, er hat einen Feind- oder Schwarzsender gehört.

Es war ein kalter Tag Anfang Dezember, als die Mutter mit dem 12-Uhr-Autobus aus Wels mit einem Radio heimkehrte. Sie hatte schon am Morgen zu meinem Bruder Josef und mir gesagt, daß wir sie zu Mittag vom Omnibus (sie sagte *Onibus*) abholen sollen. So standen wir zur festgesetzten Zeit an der Haltestelle und sahen, wie die Leute aus dem überfüllten Autobus stiegen. Mittendrin eine kleine Frau mit einer großen Schachtel, unsere Mutter mitsamt dem Radio! Sie gab es uns zum Tragen. Das Paket war schwer und ließ so schon vom Gewicht her einiges erwarten. Zuhause wurde es vor den Augen der versammelten Familie aufgeschnürt und das Radio auf den großen Tisch gestellt. Unser neues Radio war ein Apparat mit einer ausgeprägten Vorder- und Rückseite. Die Front war eine richtige Fassade, ein mit zwei kleinen hölzernen Halbsäulen an den Ecken regelrecht architekturmäßig gestalteter Prospekt, auch orgelähnlich, während die Rückseite unansehnlich war, flach und mit einem Brett mit einigen Löchern recht lieblos vernagelt. Vorne hui, hinten pfui, sagte Bruder Felix. Das Gehäuse machte insgesamt einen sehr massiven Eindruck, es war Vollbau. Damals wurden von der Radioindustrie auch noch Tischler und Maler beschäftigt. Gestrichen war der Kasten wie ein feines Schlafzimmermöbel.

Seitlich war ein Schalter angebracht, mit dem man Lang-, Mittel- und Kurzwelle einstellen konnte. Die Mutter sagte aber, daß für uns nur die Mittelwelle in Frage komme. Außerdem habe der Verkäufer gesagt, daß man die meisten Namen, die vorne darauf geschrieben stehen, vergessen könne, für uns, habe er gesagt, komme nur Linz und München in Betracht. München sei für die Wettervorhersage sehr günstig. Die Namen der Stationen waren aber auch zu verrückt, ich hielt die meisten für reine Phantasienamen: Sottens, Hilversum, Bordeaux, Ceneri, wo hat denn einer schon so etwas gehört! Da schau her, sagte der Vater, da sind auch Feindsender dabei. Mir leuchtete als Kind auch sofort ein, daß für uns, eine Bauernfamilie auf dem Land, höchstens die Mittelwelle in Frage kam. Die Langwelle war sicher für die reicheren Leute in der Stadt. Die Kurzwelle wieder brachte ich mit einigen ärmeren Arbeiter-

und Kleinhäuslerfamilien in Zusammenhang. Die Ultrakurzwelle war seinerzeit noch nicht erfunden.

Die Mutter sagte, daß der Verkäufer den Radio schon eingestellt und gesagt habe, daß wir ihn immer so lassen können, wie er ihn eingestellt hat. Die Mutter hatte dem Verkäufer gesagt, daß der Vater vor allem die politischen Nachrichten und sie und die Kinder eigentlich nur das Wunschkonzert, das immer recht schön sein soll, hören möchten. Die Mutter hatte den Verkäufer gefragt, wie man den Radio einschalten muß, damit man die politischen Nachrichten und das Wunschkonzert hören kann. Da hat ihr der Verkäufer das Radio gleich eingestellt.

Mein Bruder Felix, der die Hauptschule besucht hatte und physikalisch und technisch der Verständigste unter uns war, hatte zur Mutter gesagt, sie müsse einen Radio mit 6 Röhren verlangen. Mit 6 Röhren, sagte er, bekommt man schon eine ganz gute Musik. Als ich später einem Freund erzählte, daß wir einen Radio mit 6 Röhren bekommen haben, sagte dieser, das sei gar nichts, über 6 Röhren könne er nur lachen, sie hätten daheim nämlich ein Radio mit 12 Röhren. Außerdem müsse man *das* Radio sagen und nicht *der* Radio. Er fragte mich, ob ich vielleicht meine, daß das Wort Radio vom Radi komme, den man auf Hochdeutsch als Rettich aussprechen müsse. Dann zeigte er mir mit den Händen, wie groß ihr Radio mit den zwölf Röhren sei. So groß, sagte ich, ist euer Radio? Mich ziemt, du verwechselst den Radio mit dem Kachelofen, sagte ich.

Die Frage der Anzahl der Röhren spielte in den Gesprächen der Kinder über die Radios eine große Rolle, ähnlich wie die Frage der Anzahl der Steine bei den Uhren. Wenn einer seine Firmuhr bekam, war die erste Frage: Wie viele Steine hat deine Uhr? Außerdem mußte es eine Armbanduhr und durfte es keine altmodische Taschenuhr sein.

Wenn einer sagte, seine Uhr habe 15 Steine, dann verstummte das Gespräch. 15 war viel, mehr konnte man nicht erwarten. 15 bedeutete einen reichen Göden. Eine Uhr, die etwas wert war, mußte am Zifferblatt *Made in Switzerland* und *15 Jewels* stehen haben. Alles andere nannten die Kinder einen *Prater.* Ein anderer wichtiger Punkt war die Garantie. Wieviel Garantie, fragte ich den Nachbarsbuben, hast du auf dieser Uhr? Ein Jahr, sagte er. Da kann ich nur lachen, sagte ich triumphierend, meine Gödenuhr hat 12 Monate Garantie!

Lange Zeit konnten wir kein Radio brauchen, weil wir es nicht anschließen konnten. Vater betrieb neben seiner Mühle einen kleinen Generator, der das Haus mit Gleichstrom versorgte. Der Strom aber, den der Vater von der Mühle ins Haus herüberlieferte, war für die Mutter und uns eine ständige Quelle des Ärgers. Daß er sich mit diesem Strom nicht schämte, sagte die Mutter. Jetzt schaut euch einmal diesen Strom an, sagte die Mutter zu uns, wenn das Licht der Stubenlampe besonders schwach war und die Stube nur sehr notdürftig beleuchtete. Sicher ist der Müller drüben auf seinen Säcken eingeschlafen und hat vergessen, das Laub vom Rechen der Turbine herauszuheuen. Und wir müssen hier im Dunkeln sitzen, sagte sie, und sehen die eigene Hand nicht vor dem Gesicht. Wenn wir doch auch endlich bei der Stromgenossenschaft angeschlossen würden! Auch unsere Magd beschwerte sich oft über Vaters Strom. Im Winter, sagte sie, muß sie die Kühe bei dieser Finsternis beim Euter angreifen, damit sie spürt, ob sie diese Kuh schon gemolken hat oder nicht.

Leider, sagte sie, ist sie keine Katze, die auch in der Finsternis sehen kann. Vor allem im Winter, wenn der Innbach wenig Wasser führte und Vater seine ganze Wasserkraft für den Mahlgang brauchte, bekamen wir im Haus herüben nur sehr wenig Strom ab. Du hast es gut, spottete einmal ein Nachbar dem Vater gegenüber, du brauchst bei deiner Funsel wenigstens nicht verdunkeln. Das war gegen Ende des Krieges, wo statt der Führerreden aus den Volksempfängern immer die Meldungen über Luftangriffe und den Anflug der Geschwader kamen und Verdunklung angeordnet wurde. Der Winter war für uns während des Krieges und nach dem Krieg bis zu unserem Anschluß an die Stromgenossenschaft immer eine sehr dunkle und düstere Zeit. Dieses Licht, sagte die Mutter, ist nur gut zum Ausdrehen und zum Bettgehen. Bei einer Handarbeit verdirbst du dir nur die Augen. Und sie hätte so viel zu stopfen!

Am Heiligen Abend aber war das Haus hell erleuchtet. Der Vater stellte nämlich am sogenannten Fastweihnachtstag, das ist der Heilige Abend, immer schon am frühen Nachmittag die Mühle ab und kam ins Haus herüber. Seine gesamte Wasserkraft aber warf er an diesem Tag auf den alten Gleichstromgenerator. Jetzt hatten wir es wunderbar hell in der Stube, so hell, daß einem der Raum fast fremd wurde. So ein Licht! sagte die Magd, das ist ein Licht! sagte sie, so ein Licht sollte sie alle Tage haben! Da wäre die Stallarbeit freilich eine Spielerei. Der Vater blickte stolz auf die Glühbirnen. Heute wird ihnen eingeheizt, sagte er. Es kam aber natürlich gerade zu Weihnachten oft vor, daß eine Glühbirne ging. Die Birnen waren so sehr an die Unterversorgung gewöhnt, daß sie dem plötzlichen weihnachtlichen Stromstoß nicht standhielten, Weihnachten war für unsere Birnen wie ein Schock. Die Mutter hatte stets Kerzen in Griffweite. Ohne Kerzen, sagte sie, stünden wir schön da.

Nachdem nun das neue Radio von uns allen gehörig bestaunt und eine Zeitlang ausprobiert worden war, sagte die

Mutter, daß wir den Radio jetzt abdrehen und erst am Heiligen Tag zu Mittag, wenn sie aus Rom den Segen des Heiligen Vaters übertragen, wieder einschalten wollen. Das ist ein guter Anfang und gewissermaßen eine Einweihung für unseren Radio, sagte sie. In der Adventszeit, in der Fastenzeit und an Freitagen, sagte sie, gehört sich das Radiohören nämlich nicht. Die Mutter rechnete das Radiohören von Anfang an zu jenen Lustbarkeiten, die einem Kirchengebot zufolge – wie das Hochzeithalten – zu den sogenannten geschlossenen Zeiten nicht angebracht waren. Das Radiohören fiel ihrer Meinung nach eindeutig unter Lust und Vergnügen. Vergnügungen, auch unschuldige, gehörten aber nicht zum Ernst dieser Zeiten. So schickte sich etwa am Freitag auch das Ausgehen nicht. Am Freitag gehen die Rotzigen aus, sagte die Mutter. Jährlich aber am 25. November, dem Namenstag der heiligen Katharina von Alexandrien, der Patronin der Müller und zugleich der heiratswilligen Jungfrauen, drehte die Mutter den Knopf des Radios nach links und sagte: Kathrein stellt den Tanz ein.

Rorate

Oft ließ sich der Winter sehr früh und sehr grimmig an und brach doch schon um die Weihnachtszeit noch einmal zusammen. Ein unzeitgemäßer und verfrühter Frühling fiel ihm in den Rücken, ein Föhn vertrieb den Schnee, Regen schließlich ließ die Gräben und Bäche überlaufen.

Der unregulierte Innbach, der auf einigen Landkarten als *Wilder Inn* verzeichnet ist, um ihn vom großen und eigentlichen Inn, der dem Innviertel den Namen gegeben hat, zu unterscheiden, ist noch heute ein stark mäandrierender und darum auch hochwasseranfälliger Bach. An Tagen, an denen es, etwa zur Schneeschmelze, eine *Gieß*, das heißt Hochwasser, gab, stieg ich gern auf den Dachboden der Mühle und blickte ins überschwemmte Tal hinaus. Nichts reinigt die Landschaft so sehr wie Föhn, sie wirkte in allem scharf konturiert, die kleinen Bauernwälder auf den Hügeln und Kuppen und die Sträucher und Büsche an den Wiesen- und Feldrainen wie gemalt und gerahmt. Das Wasser im Talgrund, diese Spiegelfläche, aus der die Bäume und die Häuser ragten, verlieh allem eine ungewohnte Übersichtlichkeit. Die Entfernungen verkürzten sich, der Weg nach Pichl erschien jetzt von hier heroben wie ein Katzensprung, auch die sonst unsichtbaren Kirchtürme von Kematen, Steinerkirchen und Meggenhofen konnte man ausnehmen. Der Hausruck wurde sichtbar. Mein Standort, die Mühle selbst, stand rundum von Wasser umgeben. Blickte ich lange steil in das fließende Wasser hinunter, so kam es mir vor, als würde ich samt der Mühle stromaufwärts schwimmen. Um diese zuletzt unangenehme Sinnestäuschung los zu werden, drehte ich mich dann vom Fenster weg und blickte in den Dachboden hinein. Hier war es an Hochwassertagen still, die Mühle war auf Wasser angewiesen, zu viel aber setzte sie außer Betrieb.

Der Weg *nach dem Bach*, ein Steig und Abkürzungsweg den Innbach entlang, war bei Hochwasser unpassierbar. Nun mußte man auf der Hauptstraße gehen. Normalerweise aber benützten wir ausschließlich den Steig. Er führte meist dicht am Ufer entlang, ohne freilich jede Schleife und Windung des Baches mitzumachen, man ging zeitweise quer durch eine Wiese und frei, dann wieder wie durch einen Tunnel von Sträuchern und Bäumen. Einige Gräben waren mit Brettern überbrückt, und immer wieder gab es über den Zustand dieser *Stiegel* und *Brückel* Anlaß zu Klagen. Oft mußte man über einen Graben springen, wenn die Gieß ein Brückel fortgeschwemmt hatte, es konnte lange dauern, bis sich endlich einer der Sache annahm. Den Anrainern und Besitzern, über deren Grund dieser Weg führte, war das alte Wegerecht gar nicht immer angenehm. Oft ließ sich auch einer urplötzlich eine Umleitung oder Schikane einfallen, versetzte von einem auf den anderen Tag eine Brücke oder verschrankte an irgendeiner Stelle, um den Verkehr in eine andere, von ihm gewünschte Richtung zu lenken. Abkürzungen aber haben etwas von einer naturgesetzlichen Konsequenz und Hartnäckigkeit, sie abzubringen ist ähnlich schwer wie das Verkämmen eines natürlichen Scheitels oder Haarwirbels. Einige Bauern versuchten das Problem mit *Adel* (Jauche) zu lösen, es zeigte sich aber, daß auch dieser Weg nicht zum Ziel und zu einem dauernden Erfolg, das heißt zur Abschaffung des Steiges führte. Lieber gingen wir kurz durch Gestank als lange Umwege. Der Weg nach dem Bach hielt sich, die Vernunft schaffte sich Bahn.

Der Weg führte an einigen markanten Stellen vorbei. Man wußte, wenn man an dieser oder jener Eibe oder Esche oder an dieser oder jener Brücke die Turmuhr die halbe oder die dreiviertel Stunde schlagen hörte, daß man es eilig hatte oder daß man sich nicht zu beeilen brauchte, um zurecht zu kommen. *Läuteten* die Glocken bereits *zusammen* und man befand sich erst bei den Trumler-Bäumen, dann versäumte man die Epistel oder kam überhaupt erst zur Predigt zurecht, je nachdem, ob der alte oder der junge Pfarrer den Gottesdienst hielt. Einen Teil des Weges konnte man diesseits oder jenseits des Baches gehen, *herenter* oder *enter dem Bach.* Auch sonst gab es Alternativen und bevorzugte Stellen, etwa um einem Fahrradfahrer auszuweichen oder Schnellere zu überholen oder Entgegenkommende vorbeizulassen. Eine besondere Erinnerung ist mir der Gang nach dem Bach zur Winterszeit, wenn etwa mein Bruder und ich unterwegs zum Rorate frühmorgens durch Neuschnee stapften und die erste Spur in den Schnee traten. Stellenweise war der vertiefte Weg auch verweht, und man tat gut daran, den Rand der Wächte zu wählen. Oft war es entsetzlich kalt, weil der Wind pfiff, daß einem der Eintritt in die ungeheizte Kirche gleichwohl wie die Rettung ins Warme und Ruhige und als himmlische Wohltat erschien.

Ich machte die Erfahrung, daß alte Kirchenräume ihr eigenes Klima haben. Sie bewahren in ihren dicken Mauern lange in den Winter hinein die Temperatur des Herbstes, während sie im Frühling, wenn es draußen bereits mild und lind wird, erst so richtig eisig werden. Im Sommer sind sie angenehm kühl. Um Maria Lichtmeß war meistens der Höhepunkt, das heißt Tiefpunkt, erreicht und die Kirche zum Eiskeller geworden. So hatte die konservative Kirche ihre besonderen Jahreszeiten, die hinter den äußeren immer um eine halbe Saison nachhinkten.

Die Kälte beeinträchtigte aber die Feierlichkeit, beschleunigte die heilige Handlung, Temperatur und Tempo stammen nicht von ungefähr aus derselben etymologischen Wurzel. Da man mit klammen Fingern oder mit Fäustlingen schlecht hantieren kann, brachte der Pfarrer später über dem Spieltisch der Orgel und seitlich am Tabernakel einen elektrischen Strahler an. Der Organist umhüllte sich außerdem immer noch mit einer Decke, was seine Bewegungsfreiheit, namentlich im Pedalbereich, freilich einschränkte und auch gewisse musikalische Auswirkungen zeitigte. Virtuosentum konnte man bei diesen Temperaturen auch nicht erwarten. Er spielte im Winter eben nicht mit Händen und Füßen, sondern nur manual. Die Leute aber saßen da, fröstelten und sangen *Tauet Himmel den Gerechten, Wolken regnet ihn herab*. Das Leben war voller Härten und körperlicher Unannehmlichkeiten, vom Leiblichen her aber bekam man ein gutes Verständnis für den geistigen und geistlichen Sinn von *Advent* und *Weihnachten*, auch eine klare Vorstellung von Not und Erlösung. Wir saßen etwa da und sangen *Die Tür macht auf, das Tor macht weit*. Dann aber drehte sich jemand um und zischte: *die Tür zu!*, wenn ein Träumer hinter sich zu schließen vergessen hatte.

Auch die Sakristei war mit einem kleinen Ofen notdürftig beheizt, das war schon wegen der Holzkohlen für das Weihrauchfaß bei Hochämtern und an Festtagen notwendig. Die mit dem Weihrauch betrauten Ministranten hatten es in jedem Fall gut, sie brauchten nur von Zeit zu Zeit in die Unwirtlichkeit des Kirchenschiffes hinauszugehen, konnten aber nach kurzer Zeit und bevor ihnen kalt geworden wäre, wieder in die Sakristei zum Ofen zurückkehren. Auch durch die Bewegung beim Drehen der aus dem Rauchfaß genommenen Pfanne wurde einem warm. Vom Duft, den die Kohlen im Faß oder ein auf die heiße Ofenplatte gelegtes Weihrauchkörnchen verströmten, ganz zu schweigen. So kam zur Wohltat der Wärme jene des Wohlgeruches des Harzes des indischen Boswellia-Strauches, von Mastix, Galbanum und Räucherklaue ...

Was aber in aller Welt muß einem Menschen heute geboten werden, daß er sich mitten im kalten Winter wohl zu der halben Nacht aufmacht, um zu Fuß in eine ferne Ortschaft zu eilen, wo ihn ein ungeheizter Raum erwartet? Wofür lohnt es sich, meilenweit zu gehen? Für Zigaretten? Würde man eine Umfrage veranstalten, um herauszubekommen, was den Menschen ähnliche Wege und Opfer wert wäre wie dereinst unseren Vorfahren Religion und Kirche, so würde man wahrscheinlich, wenn auch mit anderen und moderneren Worten ausgedrückt, so ziemlich genau das zu hören bekommen, was der Apostel Paulus im 13. Kapitel seines Briefes an die Römer laut Lesung vom 1. Adventsonntag als *comessatio* (Gelage), *ebrietas* (Trunksucht), *cubile* (Unzucht), *impudicitia* (Ausschweifung) und *contentio* (Streit) bezeichnet. Und das ist es wohl, was heute noch mehr als im alten Rom allen Verkehr und alle Bewegung motiviert und die Menschen umtreibt. Die Römer scheinen gewußt zu haben, wovon Paulus spricht, und Paulus selbst hat es auch gewußt. Schließlich hatte er sich vor seiner Bekehrung auf dem Weg nach Damaskus gerade durch *contentio* ausgezeichnet, wo er doch etwa an der Steinigung des Erzmärtyrers Stephanus, dessen Fest am 26. Dezember gefeiert wird, mitgewirkt und auch sonst bei der Verfolgung der Christen eine wichtige Rolle gespielt hatte. Das Fest *Pauli Bekehrung* feiert die Kirche am

25. Jänner. Wir sagten: *Pauli Bekehrung, halbs hinum, halbs herum*, was so viel bedeutete wie: Der Winter ist zur Hälfte überstanden, es geht dem Auswärts entgegen. Und der Völkerapostel, der vom Saulus zum Paulus wurde, ist nicht der einzige große Heilige, der Irrwege und Umwege ging, bis er den Ausweg fand, der seinem unruhigen Herzen den seligen Frieden schenkte.

Paulus selbst hat Sätze geschrieben, die es verlohnen, daß man läuft und sich anstrengt, sie zu hören und zu verstehen. Hieronymus, der seinerseits ein begnadeter Schriftsteller war, sagt über ihn: »Sooft ich den Apostel Paulus lese, meine ich nicht Worte zu vernehmen, sondern Donnerschläge.« Als Beweis für die Wortgewalt des Paulus kann etwa die erwähnte Lesung vom 1. Adventsonntag gelten, die alles das, was man unter Erwartung und Advent, Besinnung und Umkehr versteht, theologisch und poetisch unvergleichlich und unvergänglich formuliert: *Brüder! Ihr wisset, die Stunde ist da, vom Schlafe aufzustehen; denn jetzt ist das Heil näher als damals, da wir zum Glauben kamen. Die Nacht ist vorgerückt, der Tag bricht an. Lasset uns also ablegen die Werke der Finsternis und anziehen die Waffen des Lichts. Wie am Tage lasset uns ehrbar wandeln: nicht in Schwelgereien und Trinkgelagen, nicht in Unzucht und Ausschweifung, nicht in Zank und Eifersucht. Vielmehr ziehet an den Herrn Jesus Christus.*

Im Ohr habe ich aber auch noch die kosmische Drohbotschaft des Evangelisten Lukas von eben diesem 1. Adventsonntag: *Es werden Zeichen erscheinen an Sonne, Mond und Sternen, und auf Erden wird große Angst unter den Völkern sein wegen des ungestümen Rauschens der Meere und der Fluten …*, in lebendiger Erinnerung auch den an die Fastenzeit erinnernden violetten Ernst der Kirche in der Adventszeit, unterbrochen nur vom Rosarot des

3. Adventsonntages, des Sonntags *Gaudete,* dessen Introitus schon die Freude der weihnachtlichen Frohbotschaft ankündigt. *Du hast Dein Land gesegnet und Jakob heimgeführt aus der Gefangenschaft.*

Die biblischen Ankündigungen des Endes haben wir immer sehr direkt und wörtlich genommen und gefürchtet. Wenn etwa ein Baum verrückt spielte, sich sozusagen im Datum irrte und zur Unzeit zu blühen begann, war die Bereitschaft allenthalben groß, diese botanische Unregelmäßigkeit im Sinne der Zeichen vor Weltuntergang und Jüngstem Gericht biblisch und eschatologisch zu verstehen. Auch Lourdes und Fatima hatten in unserem Denken eine große Bedeutung. Nicht selten wollte auch einer an Sonne und Mond seltsame Veränderungen bemerkt haben. Im März des Jahres 1945 schließlich sahen angeblich Hunderte Menschen auf den Welser Straßen und Plätzen, wie sich die Sonnenscheibe zu drehen begann. Viele knieten nieder ...

Seit dem Jahr 1938, erzählte die Mutter, herrschte in unserem Haus die Angst und das Bewußtsein, daß wir in einer Endzeit leben und daß Katastrophen ungeheuren Ausmaßes bevorstehen. Vater war von einem ausgeprägten Pessimismus, vor allem die herrschende Kirchenfeindlichkeit war ihm ein untrügliches Zeichen für die Nähe der Letzten Dinge. Schon als Kind war mir durch Vaters Reden der Begriff des Antichristus und der Name des Elias, des einzigen lebend Entrückten, dessen Wiederkunft vor dem Ende erwartet wird, durchaus geläufig. Geläufig waren mir auch von Gebeten und Gesprächen her Wörter wie Krieg, Hungersnot, Dürre, Feuersbrunst, Pest, Gefangenschaft, Sturmflut, Erdbeben, Verfolgung und Teuerung. Die sogenannte *Gottgläubigkeit* war uns ebenfalls ein heidnischer Greuel, wie überhaupt die Religion meinen

Vater hinderte, sich mit dem nationalsozialistischen Zeitgeist anzufreunden.

So ist mir etwa über meine Geburt am 5. Dezember 1938 folgendes berichtet worden: Meine Mutter habe an diesem Tag noch ganz normal gearbeitet, sie habe für die Dienstboten und Taglöhner, die mit landwirtschaftlichen Winterarbeiten beschäftigt gewesen seien, ein Abendessen gekocht und aufgetragen, dann habe sie sich unbemerkt zu Bett begeben. Vater habe inzwischen mit dem Schlitten die Hebamme geholt, und es sei dann alles sehr schnell gegangen. Die Taglöhner und Dienstboten seien noch um den Tisch beisammengesessen und hätten sich mit Singen und Gesprächen den Vorabend des Nikolaustages vertrieben, als der Vater die Stube betreten und gesagt habe, daß das erwartete Kind angekommen sei. Das hätten die Leute kaum glauben können. Dann sei die Frage des Namens erörtert worden. Einer der Anwesenden habe gemeint, daß heuer die Namen Adolf und Hermann groß in Mode gekommen seien. Der Vater habe aber gesagt, daß er doch lieber bei den alten Namen bleiben wolle. Nachdem er seine bisherigen Kinder Felix, Theresia, Anna, Maria, Rosa und Josef getauft habe, sei er mit seiner Frau übereingekommen, den neuen Erdenbürger nach dem heiligen Jesuiten Aloisius von Gonzaga auf den Namen Alois zu taufen.

Auch sonst haben meine Eltern zu verstehen gegeben, daß sie von dem neuen Aufbruch, diesem ganzen falschen Advent, nicht viel hielten. Das war nicht der aktive Widerstand, aber ein gefährlicher Mangel an Begeisterung. Immer ermahnte Mutter den Vater, sich mit politischen Reden bei den Bauern zurückzuhalten und nicht sich und die Familie zu gefährden. Vater fuhr aber fort zu prophezeien, daß alles ein schlimmes Ende nehmen würde, was ohne Gott begonnen worden sei.

Obwohl die Menetekel zunahmen und die Cassandrarufe und Prophezeiungen sich allmählich zu erfüllen begannen, war der Glaube an den Endsieg unter der Bevölkerung fast bis zuletzt ungebrochen. Es herrschte mitten in der Apokalypse immer noch der Glaube an die Wunderwaffe, mit der der Führer zu guter Letzt ähnlich dem feurigen Elias alles zu Gunsten des Deutschen Reiches entscheiden würde.

Schließlich versorgten sich einige Unentwegte in der Nachbarschaft mit Munition und Pulver und schickten sich an, damit die Brücke über den Innbach neben unserem Haus zu laden, um sie zu gegebener Zeit zu sprengen und so die Alliierten auf dem Weg nach Wels aufzuhalten. Als ob die Amerikaner auf den Weg *nach dem Bach* angewiesen gewesen wären ... Dabei wären wir wohl mit in die Luft gegangen. Zuletzt siegte die Einsicht, und man versenkte kurz vor dem Einmarsch der Amerikaner die Munition in einem Teich. Im Schlamm dieses flachen Teiches steckten die Patronen dann, und es war mir beim Eislaufen oder Eisschießen auf diesem Teich immer ein wenig mulmig zumute, seit mein Freund sagte, daß sein Vater gesagt habe, diese Munition könne einmal durch die Erschütterungen zünden ... Es geschah aber nichts dergleichen, auch nicht, als der Wirt nach dem Krieg wieder anfing, wie früher das Eis zu brechen, auf Schlitten zu laden und zu seinem Eiskeller zu bringen, wo er damit bis in den nächsten Herbst hinein auf natürliche Weise seine Kühlung bewerkstelligte.

Mein Vater wurde auch nach 1945 über die Politik in Österreich nicht mehr froh. Zu viel war auch jetzt seinem Verständnis nach daran im Widerspruch zum Christentum, an dem er sich unverbrüchlich orientierte.

Zeit seines Lebens galt für ihn der römische Festkalender. Sprach er von Ereignissen der Vergangenheit, dann nannte er statt des Datums meistens den heiligen Tagesregenten. Am Thomastag im Jahr 1927 hatten wir eine solche Gieß, daß das Wasser … Oder er sagte zu uns: Nach Georgi dürft's nimmer durchs Gras waten.

Als am frühen Morgen des 6. Jänner 1971 die Mutter starb, sagte er: Der Herrgott hat unsere liebe Mutter am hohen Tag seiner Erscheinung abberufen. Er selbst starb am frühen Morgen des 1. Jänner 1977. Er starb am Festtag der Beschneidung des Herrn.

Der Christbaum

Eine der wichtigsten Beschäftigungen der Bauern im Winter war damals die Holzarbeit, das Fällen und Ausästen der Bäume und das Bringen. Das Bringen und Streifen des Holzes war im Alpenvorland, verglichen mit den Verhältnissen im Gebirge, natürlich eine Leichtigkeit, aber trotzdem noch schwer genug. Die Bloche wurden in der Regel über zwei Schlitten gelegt, einen Zugschlitten mit einem *Gelenk*, einem lenkbaren Teil, und den Nachläufer, einen starren Schlitten bei Kurzfuhren, oder einen Schlitten, der mit Hilfe eines sogenannten Starzes, einer Art Deichsel, die man von Hand betätigte, das Ein- und Ausscheren erlaubte, bei Langfuhren. Eine Grundregel aller Arbeiten mit dem Holz war die bestmögliche Ausnützung der Fallgesetze, der Reibung und der Hebelwirkung. Viel tut so die Natur allein, wenn man sie nur wirken läßt. War das Holz gefällt, aus dem Wald in die Niederung und ins Tal hinaus und hinunter gestreift und verladen, wurde es ins Sägewerk gebracht.

Bis zum Jahre 1947 betrieb Vater neben Mühle und Bäckerei eine kleine einspännige Säge. Unser nächster Nachbar den Innbach abwärts war ebenfalls Müller und Sägewerker. Schließlich gab Vater im Jahre 1947 das Sägewerk und der Nachbar die Getreidemühle auf, so wurden aus zwei Sägemühlen je eine Säge und eine Mühle, und die gewerbliche Situation entschärfte und erleichterte sich dadurch sehr. Der Nachbar errichtete statt seiner ursprünglich ebenfalls einspännigen Säge ein modernes Vollgatter, das Bäume bis zu 80 Zentimeter Durchmesser in einem Zug in einen Stoß Bretter zerteilen konnte. Vater aber riß schließlich das an die Mühle angebaute Gatter, das in seinem unteren Teil auf Stelzen stand und über das Ufer in das Bachbett hinausragte, nieder und erweiterte die Mühle um einen Zubau.

Wenn die Bauern zur Schneezeit ihr Holz brachten, herrschte auf dem engen Blochplatz zwischen Straße und Bach eine lebhafte Geschäftigkeit. Ich schließe die Augen, denke ein Dritteljahrhundert zurück und sehe das Treiben von damals: Die Fuhrwerke werden entladen. Der Sägeknecht achtet beim Abladen und Lagern bereits auf eine gewisse Ordnung. Die Stämme werden mit Blaukreide beschriftet. Was in einem geschnitten wird, soll von vorneherein beisammenliegen.

Nach der Arbeit mit den Beißern, Zwingen und Winden, dem Wälzen, Schieben, Stoßen, Kollern und Rollen tritt der Vater als Platz- und Sägemeister mit einer Schublehre zu den Baumstämmen, er mißt das dicke, dann das dünne Ende, kontrolliert mit einem Zollstab die Länge und schaut dann in ein Buch. Aus ihm ersieht er die Festmeterangaben. Nach dem Holzvolumen aber richtet sich auch der Schnittlohn, der in Form der sogenannten Mauth genommen wird. Will ein Bauer nicht mauthen, sondern zahlen, so bekommt er alles Geschnittene zurück, auch die sogenannten Fehlläden und Schwartlinge, die Abfallbretter vom Randholz mit den Rinderesten. Auch auf Sagscheiten gibt es einen Anspruch, auf den die meisten aber weiter keinen Wert legen.

Reflektierst du auf Sagscheiten?, fragt der Vater.

Die kannst du dir behalten, sagt der Bauer. Aus den Sagscheiten kannst du dir meinetwegen einen Bojazzer ausstopfen, sagt er. Manchmal holt ein Fleischhauer Sägespäne und Sagscheiten zum Selchen. Der Sägeknecht hat schon oft geflucht, wenn sie sich im Schacht unter der Säge ansammeln und er sie auseinanderräumen und herunterschaufeln mußte, damit sie sich nicht hochtürmen und bis in den Sägemechanismus zurückstauen. Beim Lohnschnitt gelten im übrigen dieselben geschäftlichen Grundsätze wie bei der Lohnmüllerei.

Nicht selten brachten die Bauern bei Gelegenheit, wenn sie an der Säge abgefertigt waren, die Pferde gleich zum Nachbarn, einem *geprüften Huf- und Wagenschmied*, wie über dem Tor stand, ließen sie neu beschlagen, wenn die Eisen locker geworden waren, oder auch nur die Stollen oder den sogenannten Griff schärfen. Das hieß *den Wassen richten*. *Waß* bedeutet in der Mundart scharf, schneidend. So bekamen die Pferde wieder griffige und für den Winterdienst geeignete Eisen. Oft stand ich in der Schmiede und sah aus sicherer Entfernung beim Beschlagen zu. Der Schmied war ein kleiner, sehr asthmatischer, nicht nur kurzatmiger, sondern auch recht ungeduldiger und jähzorniger Mann. Er war ein starker Raucher, der seine damals, kurz nach dem Krieg, aus allen denkbaren Unkräutern selbst verfertigten und gedrehten Zigaretten auch während der Arbeit nicht aus dem Mund nahm. Er bearbeitete mit Schneitmesser, Stemmeisen und Hammer die Hufe, dabei rauchte, hustete und fluchte er. Waren die Pferde besonders widerspenstig, dann zog er sich gern hinter die Schranke des Notstandes zurück und schimpfte auf die Bauern und seine Gesellen und die bocksätzigen und unbändigen Pferde heftig ein. Manchmal schlug er auch mit der Breitseite seines Beschlaghammers auf die Hinterbacke oder Flanken der Rösser, womit er den Aufruhr freilich noch beträchtlich vermehrte. Die Szene war eingehüllt in Rauch und Dampf vom Feuer her, wo im Wasserbad auch gehärtet wurde, und überall roch es durchdringend nach dem von den heiß aufgebrachten Eisen verbrannten Horn der Hufe. Der Schmiedemeister konnte seines Lungenleidens wegen nur noch leichtere Arbeiten bewältigen, beim Hufschmieden war er der Fachmann für schwierige Fälle von Hufkrankheiten und besondere Dienste bei Anomalien, die ans Veterinärmedizinische grenzten. Durch sein *Beuschel*, wie die Lunge im Volksmund heißt, war er zum Feinschmied geworden. Gröbere Schmiedearbeiten mußte er seinen Gesellen überlassen. Wurde etwa ein glühender Reifen auf ein Holzrad für einen Leiterwagen gezwängt und aufgezogen und das Rad mit einer Stange durch Nabe und Radhaufen von zwei Männern neben dem Blochplatz zum Bach geschoben und ins Wasser geworfen, so stand er, zusehend und Befehle erteilend, immer abseits.

Die Ortschaft Aichmühl, wo ich herstamme, hatte vier Häuser, darunter eine Mühle mit Sägewerk und Schwarzbäckerei, eine Schmiede und eine Krämerei. Sie war somit ein Zentrum, in das sich für die Bauern eine Fahrt schon auszahlte. Mein Elternhaus aber, die sogenannte *Aichmühle*, gab dieser gewerblichen Ansiedlung den Namen. Mich selbst nannten die Leute mit dem Vulgonamen *Aichmüller Lois. Ai* ist im übrigen die alte bairische Schreibung für *ei, Aichmühle* so viel wie *Eichmühle*. Die mundartliche Aussprache von Aichmühle lautet *Oehmüh*. Dieses *oe* aber für den schriftsprachlichen Zwielaut *ei* ist in der altertümlichen Bauernmundart nur noch in einigen wenigen verkehrsfernen Wörtern und Ortsnamen erhalten und stehen geblieben, etwa in *soefan* für *seifern*, »speicheln«, oder *goefan* für *geifern*, »Unfug treiben«, oder eben *Oehmüh* für Aichmühl. Sonst ist in der Regel das alte, ursprünglich allgemeine *oe* im Bairisch-Österreichischen dem moderneren *oa* gewichen (*broat* für *breit* usw.). Relikt- und Restwörter nannte ich später in der Terminologie meines Doktorvaters Eberhard Kranzmayer diese wenigen erratischen und archaischen Wörter mit dem alten *oe* in meiner Wiener Dissertation über meine Heimatmundart. Ich war schon als Kind stolz darauf, daß mein Elternhaus einer Ortschaft den Namen gegeben hatte, als Student aber war ich froh, daß mir die Lautform unseres Hausnamens und Ortsnamens so viel philologischen Stoff lieferte. Umso enttäuschter war ich, als ich in den fünfziger Jahren, als alle Ortschaften an der Straße mit Ortstafeln versehen wurden, erleben mußte, daß man sich nicht mehr die Mühe machte, Aichmühl von der größeren benachbarten und unmittelbar anschließenden Ortschaft Geisensheim zu unterscheiden. So wurden wir auf dem kalten Wege angegliedert, und es steht noch heute vor Aichmühl ein Schild mit *Geisensheim* als Aufschrift auf der Vorder- und *Ortsende von Geisensheim* auf der Rückseite.

In Aichmühl müssen einmal in einer weit zurückliegenden, fernen Vergangenheit, als die Baiern oder Bajuwaren das Land nahmen und den Urwald rodeten, den sie den Markomannen abgetrutzt hatten, viele Eichen gestanden sein, wie anders sollte man sich den Ortsnamen erklären. Noch als ich heranwuchs, gab es entlang des Baches und im umliegenden Gelände viele Eichen, *Eichelbäume*, wie sie in der Mundart heißen. Eines Tages aber fuhren Agenten eines Skifabrikanten aus Ried im Innkreis durch das Land und kauften Holz. Kurze Zeit später folgte den Einkäufern ein fliegendes Kommando von Holzknechten mit allerlei Kettensägen und anderem modernen mechanischen Gerät. Sie machten die schweren Eichen, die jahrhundertealten ehrwürdigen Bäume, mir nichts dir nichts nieder und zahlten den Bauern den vereinbarten Judaslohn. Ich bin über diesen Baumfrevel zu Tode erschrocken, als ich in den ersten Weihnachtsferien meines Studiums im Jahre 1957 nach Hause kam und die unsägliche Bescherung sah.

So war nun nicht nur der Ortsname Aichmühl, sondern es waren auch die Eichen selbst verschwunden. Der Straßenmeister hatte ungefragt eine onomastische Flurbereinigung vorgenommen und uns bei Geisensheim angegliedert, der Rieder Skifabrikant aber hatte uns um die Eichelbäume gebracht.

Mich erfaßte über die Schandtat des Skifabrikanten und die freche Eigenmächtigkeit der Straßenmeisterei ein heiliger Zorn. Ich machte auch meinen Eltern bittere Vorwürfe, daß sie nicht genug Durchsetzungsvermögen und Überzeugungskraft der Behörde und auch den Nachbarn gegenüber gehabt hätten, die Wahrzeichen der Ortschaft und ihren durch Alter geheiligten Namen gegen diese kulturlosen Barbaren und Geschäftemacher zu schützen und zu verteidigen. Und ich hielt der gesamten Familie bei einem Mittagessen einen langen Vortrag zum Thema »Baum und Eiche«. Ich hatte mich im Rahmen meiner eben begonnenen germanistischen Studien über die oberösterreichische Mundart mit den Ortsnamen meiner Heimatgemeinde befaßt und war gerade dem Namen und dem Kult der Eiche im Zusammenhang mit Aichmühl mit besonderer Neugier nachgegangen. Ich stand, was das Eichenthema betraf, voll im mundart- und altertumskundlichen Saft und wußte über diesen Gegenstand eine Menge und mehr, als man während eines hastig eingenommenen Mittagessens bei einem Bauern und Gewerbetreibenden anbringen konnte. Ich erzählte also, daß die Eiche allen indogermanischen Völkern, aber auch anderen Völkerschaften, wie den Japanern, seit Jahrtausenden heilig, ja sakrosankt gewesen sei. Auch dem griechischen Gott Zeus war in Dodona eine Eiche geweiht. Das sind alte heidnische Geschichten, sagte der Vater. Sicher sind das alte Geschichten, sagte ich, aber es gibt auch genug christliche Wallfahrtsorte, in deren

Entstehungsgeschichte Eichen oder andere Bäume wie Eschen, Eiben und Linden und so weiter eine wichtige Rolle spielen, man denke etwa an Maria Eich. Im Jahre 451 wurden bei Chalkedon unter einer Eiche sogar eine Synode und ein Konzil abgehalten. Und ich sagte, daß ich dem Skifabrikanten für seine Untat die Schmerzen der Dryaden, der weiblichen griechischen Baumgeister (deren Name auf *drys* zurückgehe, was auf deutsch Eiche heiße), die die Verletzung des Baumes als eigene Wunde empfanden, auf den Leib wünschte. Und ich erzählte von der Eiche auf dem Kapitolshügel in Rom, auch der Donareiche bei Geismar in Hessen und der Rolle der Eiche im japanischen Schintoismus. Ich sprach von der Heiligkeit der Eiche und ihrem Tabucharakter, der im Glauben und in den Volkssagen so vieler Völker so ernst und wichtig genommen wird. Ich sagte, daß die Eiche als das Sinnbild der Kraft und Stärke, heldenhafter Standfestigkeit sowie des Sieges und Triumphes gilt. Die Vernichtung der Eichen und des Ortsnamens Aichmühl aber sei ein Mahnzeichen der Schwäche, saft- und kraftloser Nachgiebigkeit, und nicht des Sieges und Triumphes, sondern der traurigsten Niederlage und der armseligsten Kleinmütigkeit. Jetzt bist du aber still, sagte die Mutter, die mich ansah wie einen, der sich am Göttervater Odin selbst versündigt. Meinen Vater und meinen ältesten Bruder hatte ich auch vor allem im Auge, als ich sagte, daß man früher die Redewendung »ein Mann wie ein Baum« gekannt habe, und das Sprichwort anführte: »Von einem und vom ersten Streiche fällt niemals keine Eiche.« Ihr habt euch bei dieser Sache nicht gerade mit Ruhm und Lorbeer bekränzt, sagte ich. Und ich zitierte die Bibel, wo es im Zusammenhang mit Johannes dem Täufer heißt: Was zu sehen, seid ihr herausgekommen? Habt ihr gemeint, ein Schilfrohr zu finden, das sich im Winde wiegt? Dabei ließ ich offen, wie diese Anspielung im einzelnen zu verstehen sei, so blieb auch ungeklärt, ob ich mich nicht vielleicht selbst mit dem sozusagen knorrigen Johannes, der dem Schilfrohr in seiner Biegsamkeit und seinem Wankelmut so ganz unähnlich war, vergleichen wollte.

Mein Bruder Felix, der weder ein Baumnarr noch ein Germanist war, lachte hämisch über meine Eichelpredigt. So einen Unsinn, sagte er, habe er noch nicht gehört. Das Essen könne einem verleidet werden, wenn man diesen akademischen Blödsinn anhören müsse. Wenn du nach Ried im Innkreis fährst, sagte er zu mir, und dem Skifabrikanten Fischer diese Ansprache hältst oder wenn du nach Wels fährst und dem Straßenmeister diese Geschichte verzählst, und wenn sie dich fragen, wer du bist, und wenn du sagst: Ich bin der Aichmüller Alois, dann werden der Herr Fischer oder der Herr Straßenmeister Schlager weiter nichts tun, als in Niedernhardt anrufen. Niedernhardt, mach die schweren Eichentore auf, der Aichmüller Loisl kommt im Dauerlauf, werden der Herr Fischer und der Herr Schlager zum Anstaltsdirektor sagen.

So fand ich auch in der eigenen Familie kein Verständnis. Meine Eltern und Geschwister standen von Anfang an meinen eigenartigen Interessen, namentlich auch meiner ungewöhnlichen Naturschwärmerei skeptisch und ratlos gegenüber. Schon als Zehnjähriger hatte ich mir auf einer Eiche am Ufer des Innbachs ein Lager errichtet, ich hatte mit Brettern, Stangen und Stricken ungefähr zehn Meter über der Erde im unteren Teil der Krone, unter dem Wipfel, ein Podium im Baum vertaut. Auf dieser Plattform, die ich seitlich noch mit Zweigen versah und so zu einem heimeligen, durch die in der Sonne vertrocknenden Blätter mit einem betörend süßlichen Duft erfüllten Nest ausbaute, verbrachte ich meine freien Nachmittage im Sommer. Oft stieg ich auch abends noch, nach der Arbeit in der Landwirtschaft, in den Baum und sah, wie die Dämmerung in das Tal zog, ich hörte, wie der Lärm auf den Höfen und in den Ställen der umliegenden Bauernhäuser allmählich verstummte. Zuletzt lag ein unendlicher Friede über allem. Dieser Friede der Natur teilte sich mir in einer schon gefährlichen Weise mit, mir war zum Sterben abendlich.

Jenseits des Baches führte ein Weg vorbei, auf dem tagsüber dann und wann jemand, manchmal auch eine Gruppe von Leuten, oft mit Rechen oder einem anderen Werkzeug über den Schultern, zu einer Wiese oder aufs Feld gingen. Meist bemerkten mich die Leute gar nicht. Hin und wieder aber blieb auch jemand stehen und sah lachend und kopfschüttelnd zu mir herauf. Nein, so was, sagten sie im Weitergehen, sitzt doch der Aichmüller Loisl da am Baum oben. Oder es sagte einer zu mir herauf: Daß d' mir aber nicht herunterfallst.

Einmal blieb ich im Baum, als ein Unwetter einsetzte. Ich sah schon am späteren Nachmittag, daß sich im Osten dunkle Wolken zusammenzogen, es herrschte bald auch die vor schweren Unwettern gewöhnliche bleierne Ruhe. Unwetter, die wie dieses aus dem Osten, von der Eferdinger Seite, aufkamen, waren besonders gefürchtet. Kamen sie aus dem Wetterloch im Westen, dann konnte man im Gegenteil damit rechnen, daß sich die Anziehungskraft der Donau bald auswirkte und das Gewitter an- und aus unserem Raum hinwegzog. Als besonders gefährlich galten Gewitter, die zur Donau hinunterzogen, sich im Donauraum aber nicht fangen und beruhigen konnten, sondern noch einmal zurückkehrten. Ich beobachtete diesmal die atmosphärischen Erscheinungen und Veränderungen mit der größten Aufmerksamkeit. Es kam ein Wind auf, es begann leicht zu regnen, und schließlich gab es Blitz und Donner. Ich saß, wohl von Furcht ergriffen, aber doch fasziniert und wie angewurzelt, auf meinem Baum. Als ich zuletzt hinunterkletterte und zum Haus lief, war ich gründlich durchnäßt. Man war dort bereits in Sorge um mich. Wie kannst du nur bei einem solchen Gewitter auf dem Baum bleiben, sagte die Mutter. Eichen sollst du weichen, Buchen sollst du suchen, sagte mein ältester Bruder. Man müßte ihm diesen Spruch einbleuen, meinte er. So gab es nach dem Ungewitter im Freien noch ein Donnerwetter im Haus. Ich aber fühlte mich wieder einmal unverstanden und ungerecht behandelt, zog mich in mein Bett zurück und dachte, während draußen vor dem Fenster ein wolkenbruchartiger Regen niederging, an den nächsten Tag, wenn ich wieder aus all diesen Niederungen in meine Himmelsloge hinaufsteigen, träumen, ins Land hinausschauen und mich meiner Sehnsucht hingeben würde.

Nachdem die meisten Eichen um Aichmühl verschwunden waren, pflanzte Bruder Felix auf unserem Grund neue Setzlinge. Die meisten Bauern taten nichts dergleichen, ließen auch die Stöcke und Strünke ihrer Eichen, wie sie waren, im Boden stecken, kümmerten sich nicht weiter darum, sondern warteten nur, bis das abgeschnittene Holz verfaulen und zerfallen und zu Erde werden würde.

Früher war jeder Stock aus der Erde gearbeitet worden. Das Reuten war neben dem Schlägern eine der hauptsächlichsten Winterarbeiten. Die sogenannten *Blößen*, das sind die gerodeten Plätze im Wald, waren übersät von mehr oder weniger sorgfältig zugeschütteten Trichtern, wie sie die entfernten Stöcke hinterließen. Beim Reuten legte man den Stock so weit wie möglich frei, immer bis zur Verzweigung der Hauptwurzeln, bohrte mit einem Handbohrer den Kernstock etwas über einen halben Meter an, gab Schwarzpulver und eine Zündschnur in diese Öffnung, verstopfte mit Lehm und steckte dann mit dem Sturmfeuerzeug oder mühsamer mit einem sogenannten *Schnellfeuer*, das heißt Zündholz, die Zündschnur an. Dann brachte man sich in Sicherheit. Reihum und rundum hörte man an klaren Wintertagen das Knallen und Wummern vom Stocksprengen, mit Widerhall und Echo, talein- und talauswärts. Da diese Arbeit schwer und nicht ungefährlich war und da außerdem das Klieben von hartem Stockholz mühselig ist und ein Geduldspiel darstellt, verzichteten die Bauern später auf dieses Stock- und Wurzelholz.

Mein Bruder pflanzte keine Eichen mehr, sondern Kanadapappeln. Diese sogenannten Kanadapappeln gelten als die schnellwüchsigsten Bäume überhaupt. An den Bach gesetzt, die Wurzeln sozusagen im Wasser, konnte man sie regelrecht wachsen sehen, sie verlängerten sich jährlich um eineinhalb bis zwei Meter. Natürlich kann man das Holz dieses flotten amerikanischen Baumes nicht mit jenem der deutschen Eiche vergleichen. Was willst du mit diesem Holz, fragte der Sägemeister den Bruder, als die erste Kanadapappel umgeschnitten werden mußte und in die Säge gebracht wurde. Schneiden, sagte er, kann man dieses Holz nicht. Dieses Holz ist wie ein Schwamm, sagte er, dieses wässerige und aufgeschwemmte Zeug sollte man nicht sägen, sondern durch die Brechmühle lassen und als Schrot an die Kühe verfüttern. Ein solches unverholztes Material sollte man nicht schneiden, meinte er, sondern verkrümeln und wie die Melasse den Schweinen in den Trog werfen.

Daß die Waldarbeit an sich schwer und gefährlich war, dafür konnte auch unser Vater als ein Beispiel dienen. Vater war im Herbst des Jahres 1944 als 48jähriger zum Volkssturm eingezogen worden, der nach dem Willen seiner Erfinder, gemäß dem Erlaß vom 25. September 1944, alle waffenfähigen Männer zwischen 16 und 60 Jahren zur Verstärkung der Wehrkraft bei der örtlichen Verteidigung und zu Bau- und Sicherungsmaßnahmen erfaßte, und er wurde im Sinne seiner Vorbildung und seiner bürgerlichen und zivilen Profession bei Wald- und Schlägerungsarbeiten im Pfälzischen Wald in der Nähe der Stadt Pirmasens verwendet. Er war als kleiner Gewerbetreibender gewohnt, fleißig zu arbeiten, und folgte diesem seinem Prinzip auch diesmal, obwohl viele seiner Kameraden in richtiger Einschätzung der wahren Situation eher laschierten. So überhob sich Vater in seinem Tatendrang an einem Baumstamm und zog sich einen schweren Bruch zu. Dieser sogenannte *Leibschaden*, den er sich nie mehr richten ließ, weil er davon ausging, daß sich eine umständliche Operation, wie sie dazu notwendig gewesen wäre, für einen annähernd 50jährigen doch nicht mehr auszahle, verhinderte jedenfalls seinen weiteren Einsatz für das Großdeutsche Reich. Da schickten die reichsdeutschen Vorgesetzten den Ostmärker mit dem Hodenbruch wieder in die Ostmark und in seine Heimat Oberdonau zurück. Bald danach kam der allgemeine Zusammenbruch. So traurig die ganze Familie war, daß Vater durch seinen sinnlosen Eifer kurz vor dem Ende noch einen so schlimmen Schaden genommen hatte, so froh waren wir, daß er im Februar des Jahres 1945 eben aus diesem Grund aus dem Reich zurückkam. Wir hatten 1944 die traurigsten Weihnachten erlebt, nicht einmal einen Christbaum hatte Mutter aufgestellt. Täglich beteten wir abends den Rosenkranz für die glückliche Heimkehr des Vaters.

Meine Erinnerung reicht bis in das Jahr 1943 zurück. 1944 wurde ich eingeschult, noch nicht ganz sechsjährig, begann ich im September dieses Jahres mit der Schule. Oft aber gab es Fliegeralarm, und es zeigte sich, daß ich wohl den Lernanforderungen, nicht aber der Belastung der vielen Alarmierungen gewachsen war. Sobald die Sirene zum Voralarm zu heulen anfing, hatte ich regelmäßig auch schon die Hose voll, im buchstäblichen Sinn, das entwickelte sich zum bedingten Reflex. Ich war damit gar nicht der einzige. Bald wurde der Schulbetrieb überhaupt ausgesetzt.

In meinem Zeugnis, einem alten Formular mit dem Adler über dem Eichenkranz und dem Hakenkreuz auf dem Umschlag, steht auf Seite 3 unter dem Punkt 3 *Bemerkungen: Infolge der Kriegsereignisse entfiel der Unterricht vom 11. 3. bis 16. 9. 1945; eine Beurteilung war daher für das 2. Halbj. 1944/45 nicht möglich. Die Klassenlehrerin: Vera Ploberger, Pichl am 17. 9. 1945.*

Überall aber herrschte das Bewußtsein, daß wir nach dem bereits Erlittenen allerschwersten Zeiten entgegengingen, und es gab die bedrohlichsten Gerüchte, daß eine harte Bestrafung für etwas, wovon man als Kind nichts verstand, und eine unvorstellbare Heimsuchung über uns hereinbrechen werde. Es wurde erzählt, daß viele auf den Feldern und Wiesen und auch in der Stadt Backpulversäckchen gefunden hatten, die aus den Flugzeugen der Alliierten geworfen worden waren. Auf diesen Päckchen aber stand: *Frauen, backt Kuchen, zu Weihnachten kommen wir euch besuchen.* So erlebten wir in diesem Jahr einen ganz besonderen Advent, die Stille der Weihnachtszeit aber war diejenige der Requien und Totenämter. Am Fastweihnachtstag des Jahres 1944 erlitt die nahe Stadt Wels den angemeldeten »Besuch«. Ich erinnere mich aus der folgenden Zeit an eine Sterbeanzeige, auf der die Photographien der Mitglieder der großen Familie eines Welser Wirtes zu sehen waren, die alle an diesem Heiligen Abend in ihrem zerbombten Keller umgekommen waren. So entfiel in diesem ersten Jahr meiner Weihnachtserinnerungen nicht nur der Christbaum, sondern das Fest selbst.

Große und kostbare Christbäume waren damals an sich und auch später nicht der Brauch. Wir hatten meistens kleine und kümmerliche Fichten, die sehr bunt und mit allerlei, von einem anspruchsvollen Geschmacksstandpunkt aus gesehen, auch unpassenden Schmuckstücken, Ziergegenständen und Flitter behängt waren. Statt des krönenden Sternes befestigten wir am Wipfel Vaters Assentierungsgebinde, das er nach der Musterung zum Ersten Weltkrieg bekommen hatte. Auf einer Schleife stand: *Mich haben sie behalten.* Der Baum wirkte oft mehr wie ein Vorwand, wie der unsichtbare Träger des vielen Schmuckes.

Die Weihnachtsbäume holten im Falle der ärmeren und nicht mit Holzgrund gesegneten Familien die Kinder aus dem Wald irgendeines Bauern. Das war auch die Lage, in der wir uns befanden. Es gab da kein langes Fragen und Erlaubnisbitten, doch galt das Entnehmen dieser Fichtenbäumchen nicht als Walddiebstahl, schon gar nicht als Waldfrevel, juristisch allenfalls dem Mundraub gleichzusetzen. Wir handelten nach der natürlichen Regel, daß vor allem nur sogenannte Untersteher, die im Wuchs dürftig waren und keine stattlichen Bäume zu werden versprachen, als vorübergehende Christbäume gerade recht seien. Das Christbaumholen war so wie ein schonendes Durchforsten. Rechtlich gesehen war es auch soviel wie ein Servitut, wie es auch andere Servitute am Wald gab. Verschiedenen Familien war mancherorts das Recht verbrieft, sich zum eigenen Nutzbrauch im Gemeindewald mit Brennholz für den Ofen zu versorgen. Aber auch an Privatbesitz gab es solche geschriebenen oder umgeschriebenen

Rechte, wenn man deshalb auch keineswegs von einem urchristlichen Kommunismus sprechen konnte. Das Ährenlesen gehörte zu diesen Rechten. Waren die Getreidefelder abgeerntet, aber noch nicht geackert *(Halmreißen)*, gingen Erwachsene und Kinder unbegüterter Familien über die Felder hin und sammelten büschelweise liegengebliebene Halme mit Ähren. Auch das Laubsammeln war als Servitut auf kleineren Häusern. Das Vieh der reichen Bauern wälzte sich in einem Überfluß an Stroh, die Kühe, Geißen und Schafe der Kleinhäusler lagen auf einer Streu, die mit Laub versetzt und gestreckt war. Ich sehe noch den riesigen Haufen getrockneten Laubes bei der Mikl-Eiche, dem meinem Elternhaus zunächst stehenden Eichelbaum, den der alte Schlehmer dort immer zusammenheute, lebhaft vor mir. Manchmal sind wir in diesen Haufen hineingehüpft, haben uns darin gewälzt, vergraben und suchen lassen. Und ich höre noch den alten Schlehmer schimpfen, wenn er das Laub mit dem sogenannten Radlbock und einem Korb holen kam und seinen exakten Haufen ausgebreitet und zerstört fand.

Was die Christbäume betraf, hatten wir uns manchmal schon im Sommer oder Herbst einen *ausgeschaut,* wenn wir Himbeer- oder Brombeer*brocken* (pflücken) gingen und am Rande der *Blöße*, der von allerlei wilden Sträuchern und hohem, seegrasähnlichem Gestrüpp überwucherten Lichtung, etwas Geeignetes entdeckten. Auch das Beerenlesen selbst, wie auch das Pilzesammeln *(Schwammerlbrocken)*, beruhte auf einer allgemeinen Erlaubnis und der Rechtsvorstellung vom offenen und jedermann zugänglichen Wald. Die Offenheit des Waldes brachte es nicht nur mit sich, daß vieles aus dem Wald geholt, sondern auch, daß einiges in den Wald gebracht und getragen wurde, hauptsächlich Unrat und Müll. Diese Ablagerungen in verschiedenen Mulden machten den Wald aber für uns Kinder nur noch anziehender, weil wir unter dem Gerümpel immer auch versehentlich weggeworfene Schätze vermuteten. Als Schatz und schätzenswert erschienen uns damals aber bereits der schön gezeichnete und bemalte Deckel einer Küchendose oder eine glänzende Nagelbüchse. Auch irgendwelches Bakelit- und Plastikzeug, alte Steckdosen, Schalter und so weiter, gefielen uns und waren uns wert, sie aufzuheben und aufzuheben. Ich bin mir sicher, daß uns damals auch Christbäume aus Kunststoff, wie es sie heute gibt, gefallen hätten ... Das Leben war so natürlich, hart und »echt«, daß einem alles Künstliche als die große Ausnahme und als artifizielle Sensation naheging. So war in unserer Nachbarschaft ein vielbewunderter einfallsreicher Bastler, der statt der Wachskerzen am Christbaum elektrische Glühbirnen, nämlich Birnchen aus Taschenlampen, anbrachte. Auch den Stall von Bethlehem mit der Krippe beleuchtete er elektrisch, was uns einen großen Eindruck machte. Den Strom nahm er aus Taschenlampenbatterien, und er zeigte uns auch, wie sich das Licht der Birnchen veränderte, je nachdem, ob er die Batterien parallel oder in Serie schaltete. Stilechte »Bauernchristbäume« gab es damals bei den Bauern nicht, man findet sie in ihrer bemühten Schlichtheit und Stilreinheit wohl auch heute eher in der Stadt als auf dem Land.

Fragen des Brauchtums, der Alltags- und Feiertagskulturkunde beschäftigten mich seit Beginn meines Studiums im Jahr 1957. Ähnlich wie das Thema der Ortsnamen studierte ich, unbekümmert um die lehrplanmäßigen Notwendigkeiten des eigentlichen Faches, Literatur über die Geschichte des Weihnachtsfestes, des Jul- und Mittwinternachtsfestes der heidnischen Germanen. Ich saß tagelang vom Morgen bis zum Abend, unterbrochen nur durch Mahlzeiten, in der Mensa, im Lesesaal der Universitätsbibliothek zwischen Stapeln einschlägiger Bücher und las und studierte die Geschichte vom weihnachtlichen Lichtgott Balder, dem sanften und freundlichen Asen, Wotans Sohn, der durch den Verrat des häßlichen Loki mit einem Mistelzweig, den der blinde Hodr warf, getötet wurde, so wie es im Lied heißt: »Ich sah über Baldr, den blutenden Gott, den Sohn Odins, das Schicksal verhängen. Ein Mistelzweig, stark und schön, wuchs hoch über dem Felde. Von diesem Baume kam der gefahrvolle Schmerzenspfeil. Hodr schoß ihn. Aber Frigg, des Baldr Mutter, weinte über das Weh von Walhall.« Ich begann auf eigene Faust Material zu sammeln über »Balders Braue« (Balders brā), jene Blume mit der gelben Blütenscheibe, die die Botaniker Hundskamille (oculus solis) nennen und die Snorri Sturluson in der Edda vielleicht im Auge hatte, als er schrieb: »Von Baldr ist Gutes zu sagen, er ist der beste und ihn loben alle; er ist so schön von Antlitz und strahlend, daß es leuchtet von ihm, und eine Blume ist so weiß, daß sie gleicht Balders Braue, die ist aller Blumen weißeste, und danach kannst du ermessen seine Schönheit an Haar und Leib. Er ist der weißeste der Asen und der am schönsten Redende und Gütigste. Er wohnt dort, wo es heißt Breidablik, das ist im Himmel, an der Stätte darf nichts Unreines weilen.«

Einmal unterbrach ich meine Lektüre, räumte die Bücher und Papiere zusammen und ging aus der Universität zum Rathausplatz hinüber. Die Zeitungen hatten angekündigt, daß zur bestimmten Zeit eine große Tanne, die das Land Oberösterreich der Stadt Wien zum Zeichen der Verbundenheit gestiftet hatte, dort eintreffen würde. Reihum stellten sich die Bundesländer jährlich mit einem

Weihnachtsbaum ein. So wurde damals ein riesiger Baum aus dem Mühlviertel nach Wien verfrachtet. Mit dem dicken Ende voran wurde die mächtige Tanne als Schwertransport über die Autobahn nach Osten gelotst. Schließlich mußte sie wegen ihrer Länge regelrecht in die Stadt eingefädelt werden. Ich stand als Oberösterreicher in der Wiener Menge, hörte den Applaus, als der Konvoi in den Platz einbog, und machte mir meine Gedanken über Identifikation und Sozialisation ... Tags darauf las ich, wieder an meinem Arbeitsplatz in der Bibliothek, in einer Zeitung, daß es beim anschließenden Aufrichten des Baumes fast zu einem verhängnisvollen Zwischenfall gekommen wäre, der Baum hätte beinahe einige Arbeiter des Wiener Magistrates erschlagen. Da mußte ich an den teilweise noch vorhandenen bedauerlichen Wienhaß in den Bundesländern denken und an den Priester Laokoon, der – so schreibt Vergil in seiner Aeneis – angesichts des Trojanischen Pferdes gesagt haben soll: Quidquid id est, timeo Danaos et dona ferentes. Was es auch sei, ich fürchte die Oberösterreicher, selbst wenn sie Christbäume bringen ...

Ich vertiefte mich nicht nur in die alten Berichte, angefangen von der »Germania« des Tacitus bis zu den Werken des Saxo Grammaticus, des Jordanes und anderer, und in die wunderbaren Lieder, Gesänge und Erzählungen der Götter- und Heldenmythen, ich befaßte mich auch mit den verschiedenen Wiederbelebungsversuchen und Renaissancen des germanischen Heidentums, namentlich jener in der Zeit des Nationalsozialismus, vor allem auch mit jenen neuheidnischen Versuchen, das christliche Weihnachtsfest nachträglich wieder zu germanisieren oder zu säkularisieren, es wieder zu dem zu machen, was es nach dem Mißverständnis der deutschen Germanenideologen mit ihrer »Sehnsucht nach dem Norden« einmal gewesen sein soll.

Und ich lese, heute, 1979, wie damals, 1957, betroffen und nachdenklich das Kapitel »Kriegsweihnacht« in Georg Stammlers Buch »Was uns stark macht« (Verlag Westermann, Braunschweig-Berlin-Hamburg 1940), wo es heißt: »Heute treten wir vor den Lichterbaum, der uns das Sinnbild der ewigen und gewissen Wiederkehr der Sonne und des Lebens ist. Wir knüpfen an eine uralte Überlieferung unserer Vorfahren an, wenn wir um die Zeit der kürzesten Tage zu einer Lichtfeier in der geschlossenen Halle eines Hauses zusammentreten. So wie der Tag des sommerlichen Hochstandes der Sonne durch Freudenfeuer auf den Bergen begangen wird, so zieht sich diese winterliche Feier in das Innere des Hauses zurück. Das lichte und warme Wesen flüchtet sich vor dem Andrängen der Finsternis und den Schneestürmen, die draußen toben, in den engsten heimatlichen Raum. Der Neuanbruch des Lichtes wurde von je als eine Geburt empfunden: die Geburt des Lichtkindes in der Winternacht. Darinnen liegt ein froher und lichter Lebensglaube; Nacht ist nicht Tod, Winter ist nicht Erlöschen, sondern Sammlung und Empfängnis. Wo das innere Licht, von den ewigen Mächten gezeugt, in uns ausdauert, wird es auch wieder nach außen hin seine Kraft gewinnen – wenn auch Kälte und Finsternis bisweilen alles zu vernichten scheinen.

Wir stehen heute im Krieg. Krieg aber ist Völkerwinter. Die harten und kalten Mächte der Zerstörung herrschen und kehren die Waffen wie spitze Eisnadeln gegeneinander. Frostluft, Unfruchtbarkeit des Schneegrabens; Finsternis, für die die Verdunklung unserer Städte nur ein Sinnbild ist. Bereiten auch diese Winterstürme einen neuen Aufstieg des Lichtes vor? Will auch hier ein Kind geboren werden? Und was für einen Namen sollen wir ihm geben? Eine neue Menschheit, ein junges Völkerwesen, ein ewiges Friedensreich, ein neuer Schaffensgedanke?«

Sprachlos geworden suche ich eine Antwort auf Stammlers Fragen und finde sie beim Evangelisten Lukas, 23,29 ff: »Weint über euch und eure Kinder! Denn siehe, es werden Tage kommen, da man sagen wird: Selig die Unfruchtbaren, deren Schoß nicht geboren hat und deren Brust nicht genährt hat. Dann wird man den Bergen zurufen: Fallet über uns! und den Hügeln: Bedecket uns! Denn wenn man das am grünen Holz tut, was wird da am dürren geschehen?«

Kinderspiele

Nachdem die gefährlichen Kriegsspiele mit der scharfen Munition ausgespielt waren, begannen wir mit den harmlosen bürgerlichen Lustbarkeiten, Räuber und Gendarm, Eins-zwei-drei-Anschlagen, überhaupt Versteckspiele jeder Art, Völkerball und natürlich Fußball. Oft wurden wir dabei von den Erwachsenen gejagt, wenn wir die schönen Wiesen »betraten«. Später fanden wir uns darum zum Fußballspielen meist im entfernten Pichl auf dem Sportplatz ein.

Mit diesem Sportplatz hatte es eine eigene Bewandtnis. Es handelte sich dabei um eine Wiese neben der Schule zwischen Weg und Bach, und war sie auch nicht ganz rechteckig, und hatte sie auch sonst nicht die heute von einem Fußballplatz erwarteten Maße, so war sie doch für Ballspiele sehr gut geeignet. Alle Ortschaften hatten in dieser Weise individuelle und, wie ich es heute sehe, originelle Sportplätze. Das erhöhte auch, anders als heute, wo die Plätze überall gleich und gleich langweilig sind und absolut keine Unterschiede bestehen, den Heimvorteil der Einheimischen. Einige Mannschaften, mit den Tücken ihres eigenen Platzes bestens vertraut – hier kannten sie sich aus wie in ihrer Westentasche –, waren daheim einfach nicht zu schlagen. Auf einem normierten, modernen Platz hilft dir die Ortskenntnis gar nichts! Früher sah man, wer hier die Fremden sind ... Einige Plätze verjüngten sich auf einer Seite so stark, daß das Treten einer Ecke auf dieser Seite unmöglich war und man sich für eine Ersatzlösung in Form eines indirekten Freistoßes entschied. Andere verfuhren überhaupt nach der Devise: Drei Corner ein Elfer. Flexibel war hier das Stichwort. Durch den Seitenwechsel nach der Halbzeit, den wir auch damals bereits praktizierten, war ja der Gerechtigkeit Genüge getan und ein Ausgleich geschaffen. Mußte man etwa in der ersten Hälfte bergauf spielen, so freute man sich auf die Zeit nach der Pause. Und einige der Plätze waren unvorstellbar gebirgig. Oder es liefen über den Platz nicht nur einige Spieler, sondern auch einige Gräben. Es war eben alles offen, man handelte vor jedem Spiel die Regeln aus, auch die Zahl der Mitspieler, und oft wurde eine Mannschaft übertölpelt, und sie merkte erst hinterher, daß bei den anderen ein Mann zuviel mitgespielt hatte. Dies alles betraf vor allem das interne Spielen, aber auch im Vereinsfußball, den Pichl zu Beginn der fünfziger Jahre aufnahm, dann aber bald wieder aufgab, wahrscheinlich aus Enttäuschung über die Humorlosigkeit und die Auflagen im Hinblick auf den Standard, die den Verbandsfußball beherrschten, um zuletzt erst in den sechziger Jahren ernstlich hier mitzumachen, auch in diesem Vereinsfußball ging es am Anfang nicht so tierisch ernst zu. So trug halt jeder die Schuhe, die er zur Verfügung hatte. Man durfte aber auch barfuß spielen, und einige Barfußläufer waren gerade wegen ihrer Schnelligkeit weitum bekannt, sie liefen allen davon. Natürlich waren sie besonders gefährdet, da andere wieder höllisch schwere und harte Schuhe trugen. Oder es half einer in Straßenschuhen aus. Um die Mannschaften unterscheiden zu können, trugen die einen ihre Hemden, die anderen agierten mit nacktem Oberkörper.

Nachdem Geisensheim einmal auf einem dreieckigen Platz gegen Malling und Umgebung verloren hatte, borgten wir uns für das Rückspiel daheim von den Pfaffendorfern einen Spieler aus, nämlich den Wiesinger, der eigentlich Wieslinger hätte heißen müssen und der nun nicht nur wegen seiner Schnelligkeit und Spielstärke, sondern auch wegen seines bei den Gegnern Furcht und Schrecken verbreitenden Schuhwerks berüchtigt war. Er trug nämlich sogenannte Holzpummerln, das sind Schuhe mit einem starren Brett zur Sohle und massivem Oberleder, mit Haken und Ösen. Diesen Mann stellten wir in die Verteidigung als sogenannten Ausputzer. Dieses Spiel fand bezeichnenderweise in der Sautratte des Miklbauern statt, und dementsprechend verlief es auch, es war ein Gemetzel. Der Wiesinger spielte mit und ohne Ball, war also das Leder gerade in einem anderen Sektor, so war er dennoch nicht müßig und attackierte mit Ingrimm den nächstbesten Gegner. Er ging einfach davon aus, daß der Ball jederzeit angeflogen kommen und daß gerade dieser Feind angespielt werden könnte. Darum behandelte er ihn. Dazu muß man wissen, daß wir ohne Schiedsrichter spielten, nach dem Motto: Wir werden keinen Richter brauchen. Wir spielten klar und eindeutig. Man könnte also sagen, der Wiesinger war nicht faul, foul im englischen Sinn war er allerdings schon ein wenig, jedenfalls nicht besonders fair. Eine Fußball-»Begegnung« und ein Freundschaftsspiel war dies nicht, das war eher eine Auseinandersetzung, ein ausgesprochenes Feindschaftsspiel, jedes Dribbling Wiesingers eine Feindberührung. Was sage ich: Dribblings … hier handelte es sich um Trapplings. Eine der härtesten Fragen bei diesem schiedsrichterlosen Spiel war immer die Frage, war der Ball im Tor oder ist er darübergegangen, wir hatten nämlich wohl zwei seitliche Torstangen, aber keine Querlatte. Von Netzen keine Rede, so etwas hatten sie nicht einmal in Schallerbach, wo wir oft hinpilgerten, um uns Spiele anzusehen. Wir haben das

Spiel in der Sautratte verständlicherweise haushoch gewonnen. Es gab eine Art Abbruch wegen eklatanter Unterlegenheit, die Burschen aus Malling waren dezimiert und demoralisiert.

Ein Problem stellten bei allen diesen Spielen nicht nur die Stiefel, sondern auch die Bälle dar. Mancher hatte zwar schon einen Lederball, lieh ihn aber nicht her, jedenfalls nicht für eine, wie man annehmen mußte, härtere Begegnung. Und oft ging der sogenannten Seele im Inneren der Lederhülle mitten in einem Spiel die Luft aus. Hatten wir keinen zweiten Ball, was die Regel war, dann war damit auch durch höhere Gewalt das Match beendet. Natürlich waren auch schon unter den jungen Leuten Spezialisten im Picken. Platte, sogenannte »Patschen«, reparieren, war damals ja eine allen Fahrradfahrern geläufige Beschäftigung. Kaum eine Fahrt nach Wels verlief ohne Luftverlust. Atemnot wegen der Berge und Luftverlust wegen des schlechten Materials. Dort und da stand einer, der sein Rad auf Lenkstange und Sattel gedreht, die Fahrraddecke vom Felgen gezwängt und den Schlauch herausgezogen hatte, um ihn an der durchlöcherten Stelle mit Glaspapier zu reinigen und mit einem Gummipflaster zu versehen, eine Praktik und Technik, die sich auch beim Behandeln von Fußbällen bewährte. Andere suchten den Ausweg aus der Luftnot des Fahrrads im Vollgummi. Dabei wurden luft- und schlauchlose Hartgummiwülste auf die Felgen gezwängt. So hatte man in Hinsicht der ständig entweichenden Luft seine Ruhe. Aber frage nicht, lieber Leser, wie einen eine Fahrt auf dem Vollgummirad auf den damaligen Schotterstraßen mitgenommen und durchgebeutelt hat, daß die Seele Mühe hatte, sich im Leib zu halten! Wie gut hat es der Fahrradfahrer heute, da sich nicht nur die Straßen, sondern auch noch die Räder gebessert haben. Auf einer planen Asphalt- oder Betonstraße ließe sich auch auf dem vollen Gummi schön fahren. Nobel fährt die Welt zugrunde.

Oft war es auch nur das Ventil, das Luft ließ. Manchmal löste sich während des Spiels die Verschnürung, das Ventil sprang heraus und irritierte die Spieler. Da zog hin und wieder einer der Mannen den Ball gerade in einer für seine Mannschaft prekären Situation aus dem Gefecht … Das galt als feig.

Was den Sportplatz in meiner Heimatgemeinde betrifft, so haben sich die Gemeinderäte schließlich wirklich einen Schildbürgerstreich geleistet. Als sie sich um einen Gemeindearzt bewarben und vor der Notwendigkeit standen, diesem ein Quartier anbieten zu müssen, entschlossen sie sich zum Bau eines neuen Hauses. Was aber den Baugrund betraf, so erinnerten sie sich an den Sportplatz! In der einen Ecke des Platzes wurde gebaut und so die Spielfläche um den Bauplatz verkürzt. Um das Haus und den Garten des Doktors zu schützen, errichtete man hinter dem einen Tor ein hohes Maschengitter. Wie oft aber flog trotz allem der Ball in den Arzneigarten. Es läßt sich leicht ausrechnen, daß es unter diesen Rahmen- und Raumbedingungen nicht gerade zu einem herzlichen Verhältnis zwischen der Familie des Arztes und den Sporttreibenden kam. Bequem aber hatten wir es mit den Verletzten, wir brauchten sie ja nur über den Zaun zu reichen, der Arzt spielte in gewisser Weise immer mit. Einmal wollten auswärtige Spieler in Verkennung des Sachverhaltes sogar ins Arzthaus eindringen, um sich für das Spiel umzuziehen und herzurichten. Sie mochten etwas Ähnliches von ihrem Sportplatz her gewöhnt sein. Bei uns gab es aber keine Umkleidekabinen und kein Vereinslokal. Wir zogen uns entweder in den Büschen entlang des Innbachs um oder aber wir kamen, was die näher Wohnenden betraf, bereits in Spielausrüstung von daheim angezogen. Wer sich nach dem Spiel ein wenig erfrischen und abwaschen wollte, ging ebenfalls zum Bach und stieg auf eine Waschbank hinunter. Als aber der Fußballbund anfing, dies und jenes zu bemängeln, Forderungen und Termine stellte, daß dies bis dann und dann abgestellt und verbessert sein müßte, ansonsten man uns nicht weiter in der Meisterschaft mitspielen lassen wollte, da verabschiedeten wir uns wie gesagt. Wir wollten doch nur Fußball spielen, aber keinen Betrieb gründen und Bauwerke errichten und was nicht noch alles.

Bei den Gemeindeoberen gab es von vorneherein wenig Verständnis für das »Ballschupfen«. Der Bürgermeister war Bauer. Den Bauern aber kam damals jeder Sport wie reiner Müßiggang vor, die sichtbaren Anstrengungen, die immerhin beim Spielen erbracht wurden – der Schweiß war nicht zu übersehen und zu überriechen –, für sinn- und nutzlos, weil sie ja zu nichts führten. Als sich mein Bruder einmal beim Schifahren die Hand brach, erntete er damit bei unserem Vater auch alles andere als Mitleid. Aus Wels kam öfters eine Frau zu uns, die einen schweren Sportunfall und seither ein wahrscheinlich von den Ärzten verdorbenes, kürzeres Bein hatte. Diese hüpfende, hinkende Frau war für den Vater zeitlebens das Exempel für das schlußendliche Ergebnis aller Sportlerei. Der Sportler wurde zum Krüppel, das war klar. Er begab sich in die Gefahr und kam in ihr um.

Fußballspielen war damals außerdem ein ausgesprochen proletarischer Sport, im wesentlichen eine Wiener Angelegenheit. Es waren auch oft Wiener, nicht selten alte Nazis, denen es »unten« zu heiß geworden war und die darum auf das Land übersiedelten und den »Unfug« des Fußballspielens in ihrer neuen Heimat initiierten. Bekanntlich aber galten die Fußballspieler als dumm. Heute ist das natürlich ganz, ganz anders. Lauter Intellektuelle sind es aber auch heute noch nicht, was man bei der Breite dieses Breitensportes auch nicht erwarten kann.

Konsequenterweise war das Fußballspielen am Kollegium Petrinum, dem bischöflichen Internat in Urfahr, an das ich als Zehnjähriger kam, um freilich zwei Jahre später von dort ziemlich unfriedlich zu scheiden, nicht gern gesehen. Umso lieber aber hätten wir es betrieben. Dort stand jedoch Faustball in hohem Ansehen, ein Sport, dem ich allerdings nichts abgewinnen konnte. Das Fußballspielen ließ sich freilich nicht abstellen, es entsprach sozusagen einem Urtrieb, und nach öfterem Bitten durften wir eine Klassenmannschaft bilden. Ich war dort anfangs der Mittelstürmer und so etwas wie ein Star, jedenfalls hatte ich Allüren. Die Mitspieler mußten mir vor jedem Spiel gut zureden, mir schöntun und mich um meine wertvolle Mitwirkung fast kniefällig bitten. Nun bitte, wenn ihr mich unbedingt braucht, dann komme ich halt, ließ ich mich schließlich herab. Einmal aber muß ich übertrieben und meine Zusage, um mich als begehrt und gebraucht zu genießen, zu lange hinausgezögert haben, denn meinen Kameraden war die Drängerei über und langweilig geworden. Sie ersetzten mich einfach und gewannen das Spiel sogar noch. Das war nun ein bitteres Zusehenmüssen für mich. Ich stand nicht mehr in der Mitte, hatte mich vielmehr selbst buchstäblich an den Rand gebracht. Als sich auch sonst die Schwierigkeiten in puncto Disziplin mit mir häuften, bekam ich während des dritten Schuljahres vom Regens die rote Karte gezeigt und mußte die Anstalt verlassen. Und was ich vorher auch alles angestellt haben mochte, als hätte ich es darauf angelegt, verwiesen zu werden – als ich an jenem Spätherbsttag mit meiner Mutter, die mich abholen kommen mußte, bepackt mit den Habseligkeiten, einem zeinernen Koffer, mit dem mein Vater bereits in den Ersten Weltkrieg gezogen war, Schachteln und Taschen beim Tor hinausging, war es ganz wie eine Vertreibung und einer der dunkelsten Tage in meinem Leben. Die Mutter sagte: Warum hast du mir das angetan! Ich war voll unendlicher Reue. Nie, nie in meinem Leben wollte ich der Mutter wieder so wehtun. Als wir schon auf der Straße waren, öffnete sich oben im Studiersaal ein Fenster, und einige ehemalige Klassenkameraden sahen auf uns herunter.

Es ging mir mit anderen Gemeinschaften ähnlich wie mit unserer Petriner Klassenmannschaft. Immer wollte ich irgendwo mittun, war ich aber dann dabei, so kam sehr schnell die Krise. Ich will mich aber hier nicht geheimnisvoll machen, vielleicht war es wirklich nur immer der gewöhnliche Egoismus, der mich daran hinderte, mich einzufügen, wie mir oft gesagt wurde.

Auch an dem öffentlichen Gymnasium in Wels, an das ich nach meiner Beseitigung aus dem Petrinum kam, hatte das Fußballspielen wenig Ansehen. Die Hauptschüler und Hilfsschüler traten den Fußball, wir Gymnasiasten widmeten uns der Leichtathletik ... Dabei hatten wir ein großes Vorbild. Während die fußballwilden Hauptschüler irgendwelchen Wiener Vorstadtproleten nacheiferten, war unser, mindestens mein sportliches Vorbild der Josef Bauer aus Gunskirchen, der ein guter Zehnkämpfer, vor allem aber ein hervorragender Stabhochspringer war und es dabei bis zum Staatsmeister brachte. Für mich war die Identifikation umso zwingender, als Bauer aus dem gleichen Milieu wie ich kam. Wie er hatte auch ich mir im Garten hinter dem Haus eine provisorische Trainingsanlage, vor allem eine Sprunggrube, hergerichtet. Manchmal sah mir ein Eingeborener dabei zu und wunderte sich sichtlich, daß ich mir meine Latte so hoch gelegt hatte, wo ich sie doch immer wieder abwarf. Ich habe entwaffnende Äußerungen über den Leistungssport gehört, unwiderlegliche Einsichten und plausible Vermutungen. Zwar gab es auch das sogenannte Stockspringen bei Kindern, eine Art Mehrsprung während des Laufens mit Hilfe eines Steckens, mancher half sich auch mit dem Stiel des umgedrehten Rechens, wenn er über einen Graben hüpfte, wozu aber sollte dieses Stabhochspringen gut sein? Vielleicht, um einmal bei einem Heubodentürl hineinzuspringen? Warum aber sollte man bei einem Heubodentürl hineinspringen wollen!? Archaische Ansichten – und Frozzeleien – mag auch Josef Bauer gehört haben, wenn er auf der Wiese vor seinem Elternhaus in Gunskirchen die Diskusscheiben und Speere umherwarf! Die Jäger werden sich gedacht haben, damit trifft er doch nie etwas. Und welchen Nagel kann wohl ein Hammerwerfer mit seinem sogenannten Hammer einschlagen …

Mit dem Vorbild des überall gefeierten Leichtathleten Bauer hatte ich mir die Latte natürlich sehr hoch gelegt. Es war aber dafür gesorgt, daß meine Bäume leichtathletisch nicht in den Himmel wuchsen, schon durch die Körpergröße waren mir enge Grenzen gezogen, die ich nun wirklich nicht überspringen konnte. Außerdem war ich nicht besonders schnell im Laufen und darum auch beim Fußballspielen immer eher das, was man einen Techniker nennt. Das schwerste Handikap waren aber meine brettebenen Plattfüße, die ich mir wahrscheinlich durch das von den älteren Brüdern übernommene unpassende Schuhwerk zugezogen hatte! Ich war darum nicht absolut, sondern nur relativ gut, angesichts der Handikaps bzw. »Pedikaps« eben. Man müßte wie bei den Pferderennen vielleicht auch in der Leichtathletik die Vorgabe einführen, um das blinde Schicksal ein wenig zu korrigieren.

Das eigentliche Spiel meiner Kindheit war der Völkerball. Wir spielten es meist hinter dem Haus, wo wir die nötigen drei Striche gezogen hatten. Ich hatte es im Völkerball zu einiger Fertigkeit gebracht und war sehr stolz, daß ich oft zu einem von den zweien bestimmt wurde, die die Völker auswählen durften. Dieses Auswählen der Völker war wie eine tägliche Börse, auf der die Spielstärke der einzelnen Kinder beurteilt wurde. Wie notierte Franz, wie Theresia ... Hin und wieder war eins beleidigt, wenn es lange stehengelassen wurde, und es wandte sich überhaupt ab. Mich freut heute das Völkerballspielen nicht mehr. Nicht nur kühle und sachliche Urteile, auch Sympathien drückten sich bei den Wahlen aus. Oft wollte man ein Mädchen, an dem einem etwas lag, gerade nicht in der eigenen Mannschaft, sondern beim gegnerischen Volk sehen, um ihm in der Konfrontation zu imponieren oder es auch für seine Hochmütigkeit mit besonders scharfen Schüssen zu bestrafen. Die Kleinsten und Jüngsten blieben immer bis zum Schluß übrig, und keiner wollte sie im Grunde, sie standen den anderen ja nur im Weg und konnten zum Sieg nichts beitragen. Sie waren Kanonenfutter und schnell abgeschossen. Die älteren und verständigeren Kinder zügelten freilich ihre Kraft, wenn sie auf eins von den kleinen zielten, andere aber kannten keinen Spaß und Pardon. War die Zahl der Mannschaften ungleich und ungerade, dann hatte eins aus dem schwächeren Volk zwei Leben, wie es hieß. Dieses Kind brauchte also zwei Schüsse, um auszuscheiden. Der Haupttrick beim Völkerballspielen war – und ist sicher auch heute noch – die Täuschung, ähnlich wie beim Elferschießen im Fußball. Man sah den einen grimmig an und schoß auf den anderen.

Schielst du vielleicht, wurde der Täuscher gefragt. Hatte man das lange genug praktiziert, sodaß die Gegner die Irreführung »gelernt« hatten, so schoß man zur Abwechslung auch wieder einmal auf den Anvisierten. Es ist im übrigen ein beziehungsreicher Umstand, daß sich im Völkerball die Mannschaftsführer, die Regierung gewissermaßen, ins Politische übertragen, die Völker wählen.

Ganz zu Beginn aber waren es, um am Schluß vom Anfang zu reden, die Versteckenspiele, die wir mit großer Ausdauer trieben. Es ist nicht auszudenken, wieviel Möglichkeiten, sich zu verbergen, ein Bauernhof bietet, namentlich ein Heuboden oder eine Scheune. Ein zusätzlicher Effekt des Versteckens in Heu, Grummet und Stroh bestand darin, daß wir nebenbei manches Nest fanden, in das die Hühner ihre Eier gelegt hatten, was eine kleine Belohnung durch die Mutter abwarf. Jetzt war das Verstecken und Verbergen ein Kinderspiel, wenige Jahre vorher aber hatte sich mancher im Ernst einen geheimen Platz in seinem Haus ausgesucht, wo er sich vor den Soldaten der Besatzungsmächte verkriechen oder wo er auch Familienangehörige vorübergehend in Sicherheit bringen könnte. Unsere Mutter füllte 1944 eine große Mauernische mit haltbaren Lebensmitteln als Notration und ließ sie dann zumauern. Auch andere Gegenstände wurden weggeräumt und an einem sicheren Platz aufbewahrt. Als ich im vorigen Jahr in meinem Haus ein morsches Brett aus einem alten Zwischenboden riß, entdeckte ich ein einläufiges Schrotgewehr. Der Vorbesitzer wird gewußt haben, warum er es dort hineinsteckte. Vor allem aber erzählten die Klassenkameraden im Petrinum, die aus dem Mühlviertel stammten, wie sich dort viele Menschen vor der russischen Besatzungsmacht gefürchtet und vor allem die Väter ihre Töchter versteckt hatten. Meine Mutter hatte ebenfalls große Angst, als sie mich das erste Mal ins Petrinum brachte und am Urfahrer Brückenkopf der Nibelungenbrücke dem russischen Posten die Identitätskarte zeigen und den Inhalt der zwei Koffer deklarieren mußte. Da war aber wirklich nichts, was dem Ivan gefallen hätte, die Mutter hatte auf Anraten einer anderen Frau sogar absichtlich ihre Armbanduhr daheimgelassen, weil es hieß, daß gerade die Uhr für die Soldaten der Roten Armee ein Reizgegenstand sei, weshalb man am besten gleich »Ich nix Uhra« sagen solle. Es kam aber auch einmal vor, daß russische Soldaten einen Knabenseminaristen mit einem Militärfahrzeug vom oberen Mühlviertel ins Internat nach Urfahr brachten ...

1949, als ich das erste Mal einrückte, waren die Kontrollen noch streng, 1951, als wir den Weg zurückgingen, nahm keiner mehr von uns Notiz.

Viehtreiben

Immer hatte die Mutter Angst, wir, ihre drei Söhne, könnten einmal Jäger werden. Sie hatte in ihrem Elternhaus, einem einschichtigen Bauernhof, umgeben von Feldern, Wiesen und eingeschlossen rundum von Wald, erlebt, wie ihr Vater und ihre Brüder immer wieder die Arbeit die Frauen haben tun lassen und »ins Holz« gegangen sind. Sie seien also, die Großmutter und ihre fünf Töchter, auf dem Acker gekniet und hätten Erdäpfel geklaubt, während der Großvater und die beiden Söhne, der Sepp und der Franz, schön jägermäßig herausgeputzt, die Gewehre und Rucksäcke umgehängt, auf dem Rain waldwärts gezogen seien. Ohne Gewehr seien sie gar nicht ausgegangen, sicherheitshalber hätten sie die Flinte oder den Stutzen sogar auf den Kirchgang mitgenommen. Auf der Pirsch zur Kirche. Und die Männer hätten im Herbst, zur Zeit der Treibjagden, mehr durch den Lauf hinausgelassen, als die Frauen daheim hereinwirtschaften konnten. Sie haben ein Vermögen verpulvert, sagte die Mutter.

Mir hätte die Jagd aber schon gefallen, durch das Leben auf dem Hof war man mit der Tötung von Tieren, dem Schlachten und Köpfen, Abstechen und Erschießen, ja von klein auf konfrontiert, sozusagen mit dem Tod »vertraut«. Beim Schweineschlachten etwa machte sich der Lohnschlächter einen Spaß daraus, von einem Kind, dem kleinsten meist, zu verlangen, daß es den Sauschwanz halte. Während die Erwachsenen das Schwein an den Beinen, an Rumpf und Kopf auf die Schlachtbank drückten, stand ich hinten und nahm meinen Auftrag ernst und hielt und streckte den dünnen Schwanz des Todeskandidaten.

Auch der Anblick von Hähnen, die kopflos noch auf dem Hof herumsprangen, war mir geläufig. Bis ich aber einmal mit ansah, wie der Roßfleischhacker unseren alten Fuchs, ein überaus geduldiges Pferd, das wir Kinder alle recht lieb hatten, hinter der Scheune mit einem Schlachtschußapparat exekutierte und mir die ganze Ungeheuerlichkeit dieses Geschehens zu Bewußtsein kam.

Einmal erlebte ich, wie der Viehhändler einen Stier, den wir gemästet hatten, abholte und aus dem Stall führte. Der Bulle hatte vorher den Stall kaum jemals verlassen und stellte sich deshalb besonders wild an. Er hatte keinen Nasenring, und so konnten ihn keine drei Männer halten. Kaum unter der Tür, nahm er Reißaus und stürzte, da er durch ein Tuch die Augen verbunden bekommen hatte, in den Bach. Dort stand er auf einer Schotterbank im seichten Wasser und rührte sich nicht von der Stelle. Man entschloß sich dann, dem Stier die Binde abzunehmen, damit er die Unmöglichkeit seines Standortes sozusagen einsehe, vielleicht aus Einsicht das Flußbett verlasse und von der Wasserstraße auf die Schotterstraße überwechsle. Vorerst aber war er zu nichts zu bewegen, bis er dann wieder urplötzlich losstürmte und wie im Handstreich die Uferböschung nahm und dabei alles, was ihm an Weiden und Erlen in den Weg kam, niedertrat und -brach. Jetzt stand er abermals im Garten unter einem Apfelbaum, und es hatte den Anschein, als ob er den Schock der ersten frischen Luft nach zwei Jahren Stallgeruch ein wenig überwunden und sich bereits etwas akklimatisiert hätte. Er wurde wieder gefangen, man legte ihm eine Fußleine an, und der Marsch nach dem 2 Kilometer entfernten Krenglbach konnte beginnen. Zwei Männer führten ihn, einer an einem Halfter, der andere zog immer dann an der Fußleine, wenn der Stier wieder in einem Anfall von Schreckhaftigkeit türmen wollte, was jedesmal einen Sturz oder zumindest ein Inskniebrechen zur Folge hatte. Ich folgte dem Viehtrieb in einem gehörigen Respektabstand. Der Stier wurde aber mit der Zeit immer »manlicher«, wie das Fehlen von Menschenscheu bei den Tieren in unserer Mundart heißt. »Manlich« ist die mundartliche Form von »männlich«, ein Tier, das »manlich«, das heißt, ins Hochdeutsche übertragen, »männlich« oder menschlich ist, geht dem Mann und Menschen zu, ist also ein zutrauliches, nicht scheues Tier, ob es nun, was sein eigenes Geschlecht betrifft, männlich oder weiblich ist, wobei die weiblichen Tiere die weitaus »manlicheren« und darum auch einfacher abzurichtenden sind. Nur die geschnittenen männlichen Tiere sind auch handsam und »manlich«, nur die kastrierten, »unmännlichen« Tiere sind im mundartlichen Sinn »männlich«, Ochsen sind »manlich« bis zur Apathie.

Jetzt schien mit unserem Stier alles gutzugehen, er mußte nur noch auf der Brückenwaage gewogen werden. Man legte ihm vorsichtshalber wieder die Augenbinde an. Dort aber bekam er, als die Waage eingeschaltet wurde und leise zu surren begann, einen panischen Anfall, der alles Bisherige in den Schatten stellte. Er stürmte los, zerstörte neben dem Waaghäuschen einen schön geschlichteten Ziegelhaufen des Besitzers der Waage, eines Baustoffhändlers, und hetzte dann schnurstracks gegen ein kleines Kaufgeschäft. Der entsetzte Krämer, der eben noch unter der Tür gestanden war und beim Wiegen zugesehen hatte, sprang zurück in seinen Laden und schloß die Tür. Hätte der Stier aber die eingeschlagene Richtung beibehalten, so wäre von der hölzernen Konstruktion der Auslage, der Tür und dem ausgestellten Porzellan wohl nicht mehr übriggeblieben als Splitter, Brennholz und Scherben. Kann ich sagen: »Der Stier überlegte es sich anders«, wo er sich doch sicher nichts überlegt hat? Der jähe Haken, den er kurz vor dem Hindernis machte, war ein instinktiver Reflex der Panik. Er rannte gegen das Gemeindeamt, wo er am Mauerwerk schrecklich mit dem Schädel anstieß, daß dem Standesbeamten und Sekretär drinnen sicher die Matrikeln aus dem Regal gefallen sind. Nachdem er also »sah«, daß in dieser Richtung kein Weiterkommen war, versuchte er es ein letztes Mal in die entgegengesetzte. Hier erwischte er an der langen Mauer des Kirchmayrhofes die einzige Schwachstelle, nämlich das Hoftor, das sich, obwohl es angehängt war, wie nichts öffnete und aufsprang. Von da an aber war der Lebensmut des armen Viehs gebrochen, und es ließ alles Weitere »fatalistisch« mit sich geschehen.

Mein Vater wollte das schließlich abgelesene Gewicht des Stieres nicht anerkennen, er wollte sich vom Metzger auch den vielen Angstschweiß und das, was der Jodl sonst verloren hatte – er hatte in seiner Not natürlich unterwegs immer wieder Kot gelassen –, zahlen lassen. Und den nächsten holst du mit einem Fuhrwerk, sagte er zum Händler, sonst machen wir kein Geschäft mehr miteinander.

An dieser Stelle muß ich von einer meiner ersten Prüfungen an der Wiener Universität erzählen, nicht deshalb, weil ich sie mit dem Führen zur Schlachtbank vergleichen möchte, auch nicht wegen der Angst, die freilich bei aller Kreatur vergleichbare vegetative Auswirkungen zeitigt, was den Schweiß und Sonstiges betrifft, sondern aus einem anderen, sicherlich einsichtigen Grund.

Während meines Studiums in Wien mußte ich also unter anderem eine Prüfung über Sprachpsychologie und im besonderen über die sogenannten »Tiersprachen« bei Friedrich Kainz ablegen. Professor Kainz prüfte jeweils gleich drei Studenten auf einmal. Meine Gruppe machte keinen guten Eindruck. Kainz war aber gewöhnt, auch den Schlechteren, wenn sie keine Hauptfachpsychologen waren, mildernde Umstände zuzugestehen und relativ gute Noten zu schenken. Er machte sich in einem solchen Fall ein Vergnügen daraus, diese wenig Versierten nach ihren eigentlichen Fächern zu fragen und ihnen eine von der Psychologie unabhängige Frage aus ihrem eigenen Fach zu präsentieren, um ihnen womöglich zu beweisen, daß sie auch in ihrer ureigenen Disziplin keine besonderen Helden und Leuchten seien und er, der Herr Professor, ihnen selbst hier durch seine Allgemeinbildung überlegen war. Und da wir drei alle Deutsch-Studenten waren, sagte er: Sie sind Germanisten, behaupten Sie. Da darf ich Sie vielleicht fragen: Wie erkennt der Vater im »Helmbrecht« eigentlich, daß es sich bei dem jungen Menschen, der eines Abends an seine Tür klopft, wirklich um seinen eigenen Sohn handelt? Er fragte uns also nach jener Identifizierungsfrage, die der Meier an seinen Sohn Helmbrecht richtet und welche die Namen der vier Ochsen auf dem Hof zum Inhalt hat. Wir machten aber verständnislose Gesichter. Hinterher sagte einer, was das für ein unsinniges Kolloquium sei, in dem man nach dem Namen von Ochsen gefragt werde. Wenn das keine Viecherei ist, meinte er. Ich war aber durch die Frage des Prüfers auf eine Dichtung aufmerksam geworden, die ich bis dahin nur dem Namen nach kannte. Mir wären übrigens ganze Litaneien mit den Namen unserer Pferde, Stiere und Kühe eingefallen. Alma, Almrausch, Asta, Bläß, Edelweiß. Daß in einer Dichtung des 13. Jahrhunderts solche Namen eine Rolle spielen sollten ...! Die Situation war merkwürdig: Ein Gelehrter fragt im 20. Jahrhundert einen Bauernsohn, was ein gelehrter Dichter des 13. Jahrhunderts einen Bauern seinen Sohn fragen läßt!

Die Sache mit den Namen aber verhielt sich, wie ich heute weiß, so: Als der junge Helmbrecht nach seinem Weggang aus dem Elternhaus und zu den Raubrittern das erste Mal nach Hause zurückkehrt, erlaubt er sich mit den Seinen, den Eltern und der Schwester Gotelind, einen üblen Scherz. Er narrt sie, indem er mit ihnen Lateinisch, Tschechisch und Holländisch spricht. Darüber erschrickt der Bauer sehr. Trotzdem fährt er fort: »Bist du wirklich mein Sohn Helmbrecht, so koche ich dir gleich heute ein Huhn. Wenn du aber nicht mein Sohn Helmbrecht bist, wenn Sie ein Tscheche oder ein Slowene sind, so scheren Sie sich gefälligst nach Slowenien. Ich habe mit meinen Kindern weiß Gott genug zu tun. Selbst den Pfaffen gebe ich nur, was ihnen von Rechts wegen zusteht …« Dann heißt es: Nun war es schon sehr spät geworden. Der Bursch überlegte bei sich: Beim heiligen Gott, ich will doch lieber sagen, wer ich bin. Hier ist nirgends ein Bauer in der Nähe, der mich aufnehmen könnte. Ich bin ja nicht recht bei Trost, wenn ich meine Sprache verstelle, ich will es seinlassen. Er sagte: »Ich bin's wirklich und wahrhaftig.« Der Vater fragte: »Wer denn?« Der Sohn: »Der genau so heißt wie Ihr.« Der Vater sagte: »Nennen Sie mir den Namen.« Der Sohn: »Ich heiße Helmbrecht, ehrlich: Euer Sohn und Euer Knecht war ich noch vor einem Jahr.« Der Vater erwiderte: »Nein, Herr.« Der Sohn: »Doch, es stimmt!« Darauf der Vater: »Dann sagen Sie mir, wie meine vier Ochsen heißen!« Der Sohn: »Natürlich kann ich das. Von denen, die ich früher besorgte und über denen ich die Peitsche schwang, heißt der erste *Auer*, es gibt keinen so reichen und tüchtigen Bauern, dem er nicht großartig auf den Acker passen würde. Der zweite heißt *Räme* – ein stattlicherer Ochse ist noch niemals ins Joch gespannt worden. Auch den dritten kann ich Euch nennen: Er heißt *Erge*. Ich verdanke es meinem klugen Kopf, daß ich sie aufzählen kann. Und wenn Ihr noch einen Beweis haben wollt: Der vierte heißt *Sonne*. Daß ich sie habe nennen können, dafür belohnt mich nun: Laßt mir das Tor auftun!« Der Vater rief: »Nicht länger sollst du draußen vor Tür und Tor bleiben müssen. Stuben und Truhen sollen dir alle offenstehen!«

Wie Helmbrecht waren auch mir die Tiere auf unserem Bauernhof nicht nur dem Namen nach bekannt ... Eine langwierige Prozedur, Prozedur im wahrsten Wortsinn, nämlich ein mühsames »Fortschreiten« war das sogenannte »Küheweisen«, das Führen des Viehs auf die Herbstweide. Wenn nach dem Heu auch das Grummet von den Wiesen gebracht war – einige Bauern fuhren in besonders günstigen Jahren auch ein zweites Grummet, ein »Afelgrummet« ein –, und wenn das Gras ein drittes oder viertes Mal schön »angestochen« hatte, wenn es zu herbsten begann und auf den Wiesen die Herbstzeitlosen sprossen, dann war es Zeit für das Austreiben der Kühe. Der erste Gang war der schwerste, weil die Tiere durch das lange Stallstehen stocksteif geworden waren. Die Erwachsenen hängten bis zu fünf Kühe an den unter den Hörnern um die Schädel geschlungenen Ketten zusammen. Die eigentlich geführte Kuh war eine ausgesuchte Geherin, und man mußte sich genau überlegen, welche Tiere man in einer solchen Koppel zusammenfaßte. Es galt, einzelne, besonders unruhige und aufgeregte Exemplare zwischen zahmere und phlegmatischere zu spannen und so selbst zu bezähmen. Mir als Kind reichten drei Kühe im Verband. Gruppenweise gingen wir den halben Kilometer zu den Weidegründen hintereinander, und die größte Sorge war der etwaige Verkehr und das Scheuen der Rinder vor daherkommenden Autos oder Traktoren. Auf der Weide selbst wurden die Kühe angehalftert, einige Bauern gingen jedoch damals bereits von der Befestigung durch die »Hef ten« zu elektrischen Weidezäunen über. Immer wieder aber entkamen Tiere und streunten durch die Gegend, es war ein dauerndes Besitzer-Verständigen, Nachlaufen und Einfangen. Eine lose Kuh konnte eine ganze Schar friedlich grasender Kühe durcheinanderbringen. Wurde eine Kuh »stierig«, weil die Brunft ausbrach, so mußte sie vorübergehend bis zum Decken daheimbleiben, bis sie wieder vernünftig war. Heute sehe ich, wie etliche Bauern das lästige Viehtreiben dadurch umgehen, daß sie die Kühe einfach an den Traktor anhängen und ihnen so das Tempo vorgeben, eine einfache und wirksame Methode, die sinnfällig, daß es nicht sinnfälliger geht, den Vormarsch und die Vorherrschaft der Technik und der Maschine vor dem Lebendigen zeigt. Die vielen Regungen des Kreatürlichen und Animalischen werden durch diesen Schrittmacher systematisch planiert, der Blechtrottel gibt den Ton und die Gangart an, so ist das.

Bis zum letzten Austrieb wurden die Kühe und Kälber zunehmend beweglicher, und am Schluß wirkten sie nicht mehr wie degenerierte Haustiere. Sie wurden für das bevorstehende Herbstabenteuer meistens auch »geschneitet«, das heißt an den Hufen beschnitten, sodaß sie auch von daher gut bei Fuß waren. An einem günstigen Tag während der Weidezeit wurde der Stall neu ausgeweißt, was sehr schön und fremd aussah, aber nur für die Menschen, die Rinder nahmen davon keine Notiz. Die Schwalbennester schonten wir natürlich beim Färbeln und gingen mit dem großen Pinsel in einem Bogen darum. Waren die Schwalben auch jetzt, nach Maria Geburt, ins nördliche Afrika gereist, so sollten sie doch im nächsten

Frühling hier wieder alles so vorfinden, wie sie es verlassen hatten.

Ein Stall ist ein Stall und bleibt es lange, die Kühe zeichnen einen solchen Raum für alle Zeiten. Als ich mir mein Haus kaufte, stand der Stall bereits zwei Jahre leer, da nach dem Tod der Vorbesitzer das Vieh weggebracht worden war. Als ich aber bei meiner ersten Besichtigung des Anwesens den Raum betrat, war es, als seien die Kühe nur eben im Freien und auf der Weide, denn obwohl der Raum äußerlich von Stroh und Mist gereinigt, also gründlich »ausgeräumt« war, wie der agrarische Fachausdruck für das Ausmisten heißt, hing doch der volle, intensive Stallgeruch in der Luft. Inzwischen sind zehn Jahre vergangen, ich habe den Raum zu einer Werkstatt umgestaltet und oft und oft gelüftet, wenn aber die Witterung danach ist, wenn etwa das Pflaster über dem Kellergewölbe schwitzt, dann kehrt auch der Geruch wieder. Ich habe mich daran gewöhnt, *wieder* daran gewöhnt, und ich möchte diesen Geruch auch gar nicht als Gestank schlechtmachen und denunzieren. Vielleicht habe ich mich damit auch deshalb abgefunden und angefreundet, um ihn nicht als einen stummen, aber doch spürbaren Vorwurf dafür ansehen (riechen und schmecken) zu müssen, daß ich mich als Nichtbauer in einem Bauernhaus breitgemacht habe. Die Ochsen rächen sich an Helmbrecht … Manchmal sehe ich ähnliche verlassene Bauernhäuser und entdecke am Verputz des Mauerstückes, hinter dem sich einmal der Stall befunden hat, jene gelb-braunen Flecken, die ihrerseits eine Erinnerung an das Ammoniak der Kühe darstellen. Die Mauern »blühen aus«, sagen die Fachleute vom Bauwesen. Das ist freilich ein schöner »blümender« Ausdruck für das Fleckigwerden uringetränkter Mauern. In Wahrheit ist dies die Rache der vertriebenen Haustiere für die Zerstörung der alten bäuerlichen Welt. Es gibt mir zu denken, daß die Wörter Urin und Ruin aus denselben Buchstaben bestehen, Urin gegen Ruin …

Die Bauern selbst haben hierzulande die Kuhställe abgeschafft und zu Schweineställen umgebaut. So gibt es auch die vielen Viehhändler nicht mehr, heute sind die Makler und »Häuseranstauber« mit kaufwilligen Städtern auf dem Land unterwegs, auf Ausschau nach dem Zweitwohnsitz. Die wissen natürlich nicht mehr, was der »Leikauf« war, das Hand- und Trinkgeld des Händlers, eine Anzahlung nach dem mit Handschlag abgeschlossenen Handel für den, der das verkaufte Tier betreut hatte. Dieses Wort »Lei« bzw. »Leit« kommt in seiner mittelhochdeutschen Lautgestalt »lît« bereits im »Helmbrecht« vor, wo die Wirtin als »lîtgebin« bezeichnet wird. Es bedeutet ursprünglich »Wein«, »Obstwein«, und für »lîtkouf« (Leikauf) steht als Bedeutung in Matthias Lexers »Mittelhochdeutschem Handwörterbuch«: »Gelöbnistrunk beim Abschluß eines Handels«. Aus dem Trunk selbst wurde im Laufe der Jahrhunderte ein Trinkgeld. Welche Bücher aber wird der Neureiche aus der Stadt, wenn er den Kuhstall »seines Bauernhofes« zum Wohnzimmer mit »Bibliothek« umgebaut hat, dort wohl aufstellen? Wernhers »Helmbrecht« vielleicht oder Matthias Lexers »Mittelhochdeutsches Handwörterbuch«, um sich über die Herkunft all dessen zu informieren, was ihn überall umgibt? Oder doch wieder nur ein paar Festmeter vitaminarmen Lesefutters.

Am Sonntagvormittag saßen in den Wirtshäusern die Viehhändler und zahlten den Bauern die Gelder aus. Es gab zwar schon die »Vorschußkassa«, aber »Conto« war damals bei uns noch ein italienisches Fremdwort. Die Bauern wollten außerdem noch lange »Geld sehen«, sie mißtrauten den bloß aufgeschriebenen Zahlen. Papier ist geduldig, hieß ein häufig gebrauchtes Sprichwort.

Tiere und die Tabus um Liebe und Tod! Ein Mann saß im Autobus, mit dem wir in die Schule oder in die Arbeit gefahren sind, der im Welser Schlachthof als Schlächter arbeitete. Tag für Tag gingen unzählige Tiere, Schweine und Kälber vor allem, »durch seine Hand«. Andere Arbeiter waren in der Welser Fleischindustrie damit beschäftigt, das Fleisch der im Schlachthof geschlagenen Tiere in die Wurst zu bringen, das war eine vergleichsweise alltägliche und gewöhnliche Arbeit, ein Schlächter aber hatte doch etwas Unheimliches an sich, und der Betreffende saß darum meistens allein im Bus. Lieber standen wir auf dem Gang, als uns auf dem freien Platz neben dem Schlächter niederzulassen. Auch die Sauschneider, die mit dem Kastrieren von großen Schweinen befaßt waren, galten als unheimlich, geradeso wie die »Katzenpuffer«, die die Katzen nicht nur töteten, sondern auch aßen. Einer der Lohnschlächter unserer Gemeinde beging mit seinem Schlachtschußapparat Selbstmord …

Das Schneiden von Ferkeln besorgte Mutter immer selbst, und ich habe ihr öfters dabei geholfen. Ich hielt die kleinen Kastranten an den hinteren Beinen, konnte aber nicht hinsehen und drehte darum den Kopf zur Seite, wenn die Mutter mit dem Rasiermesser hineinschnitt, mit den Fingern das wichtige Organ beseitigte und Fett auf die Wunde gab. Setzte ich die Ferkel wieder auf den Boden des Kobens, so liefen sie grunzend in eine Ecke. Irgendwie sahen sie drein, als wüßten sie, daß diese Operation ihr Leben von Grund auf verändert und in eine andere Richtung gelenkt hatte. Einmal aber mästeten wir einen sogenannten Klopfer, einen »Bären«, einen Eber mit einem Wanderhoden, den er auf dem Rücken sitzen hatte. Mein ältester Bruder, der damals in Mühle und Haus bereits das

Sagen hatte, verkaufte den Klopfer dem Fleischhauer, ohne viel zu reden und auf die Abnormität dieses ambulanten Testikels hinzuweisen. Als der Metzger aber die anatomische und geschäftliche Unregelmäßigkeit bemerkte, ließ er den Kadaver in die Tierkörperverwertung nach Regau bringen und zog meinem Bruder kurzerhand den Kaufpreis wieder ab. Du hast wohl gemeint, ich bin blöd und saudumm, sagte er. Eine Drecksau wolltest du mir als Edelschwein andrehen. Aus dem seichelnden und brunzelnden Fleisch eines Klopfers ließe sich aber nichts wursten, kein Hund möchte das fressen. Nichts für ungut, sagte der Bruder, das habe ich nicht gewußt.

Die Jagd ist die gesellschaftlich angesehenste Art des Tötens von Tieren. Wie weit ist der Jäger doch vom Sterben des Rehs entfernt, weiter als der Schuß seiner Flinte oder Büchse, weiter auch, als unsere Sprache reicht. Ich besitze von meiner Mutter her ein Fotoalbum, in dem sich auch ein Bild ihrer beiden Brüder, meiner Onkeln Josef und Franz, befindet, das die beiden auf einer Waldlichtung vor einem erlegten Reh zeigt. Die Mutter erzählte, daß ein Welser Fotograf zufällig des Weges gekommen sei und die beiden auf der Lichtung abgelichtet habe. Das Foto ist aber das Gegenteil von einem Schnappschuß eines Abschusses, es ist ein gut komponiertes, wohlgesetztes und »gestelltes« Tableau. Links sitzt Onkel Franz auf einem Jagdsessel, die Büchse zwischen den Knien, rechts steht Onkel Josef. Josef schaut auf Franz, Franz schaut auf das in der Mitte liegende Reh, und sie sehen beide aus, als ob sie über den Tod als die ultima ratio und das dunkle Geheimnis aller Existenz nachdächten und eine Waldandacht hielten. Neben Onkel Josef aber sitzt der Jagdhund bei Fuß und schaut neugierig in die rätselhafte Camera obscura des Fotografen.

Alois

Nur der sogenannte Träger eines Namens kann abschätzen und ermessen, was dieser sein Name wirklich »bedeutet«. Und mancher Namensträger trägt durchaus schwer an seinem Namen. Was mich betrifft, so weiß ich, was ich am Namen Alois habe ... Ich kenne sämtliche Möglichkeiten der Verkleinerung, aber auch der Vergröberung, des »Diminutiven« und des »Augmentativen«, um es sprachwissenschaftlich zu sagen. Da ich lange Zeit als Kind den Eindruck erweckte, als ob ich ungewöhnlich klein bleiben sollte, um es schließlich doch zu einer im großen und ganzen gewöhnlichen Kleinheit zu bringen, sind mir vor allem die verniedlichenden Koseformen des Namens vertraut. In Wolf Wondratscheks Buch »Ein Bauer zeugt mit einer Bäuerin einen Bauernjungen, der unbedingt Knecht werden will« lese ich die Kurzformel eines »Entwicklungsromans«: Elfi/Friedel/Frieda. Mein Entwicklungsroman lautete: Loisi/Loisl/Lois/Alois. So wurde ich erwachsen. Da ich nach meinem Studium in Wien nach Deutschland, und zwar ins Saarland, kam, sind mir nun nicht nur die oberdeutschen, die bairisch-österreichischen Varianten geläufig, sondern auch die mitteldeutschen, die rhein- und moselfränkischen, durchaus vertraut: Alwis und Luis. Ich weiß darüber hinaus auch, worauf sich die einzelnen Namensformen reimen und welche komischen phonetischen Nachbarn sie haben, pro- und evozieren, das heißt zwanghaft »hervorrufen«.

Als Kind habe ich mir oft den unsinnigen Spottvers anhören müssen: Lois, nimm de Bixn und schoiß!, ins Hochdeutsche transkribiert: Alois, nimm die Büchse und schieß!

Der ganze Spott lag dabei im Reizwort »schoiß«, das in der regulären Mundart der Erwachsenen eigentlich »schiaß« hätte heißen müssen. Um des Reimes und um der Neckerei willen aber hieß es »schoiß«. Ich hätte schießen und Amok laufen können, wenn ich den Satz hörte.

Als Träger eines Namens sieht man sich nach Mitmenschen um, die mit demselben Namen gesegnet oder geschlagen sind. In meinem Fall war das vor allem ein Kleinhäusler in unserer Nachbarschaft, der im Ruf und Ruch des totalen Analphabetentums stand. Von ihm hieß es, er könne nicht einmal seinen Namen Alois schreiben. Er war gewissermaßen der letzte amtlich anerkannte Schreib- und Leseignorant, der mit drei Kreuzchen unterschreiben durfte. Das also war die höchste oder tiefste Stufe der Unverbildetheit. Mir erschien der »Steinböck Lois«, wie er hieß, immer wie ein letzter Ureinwohner und als eine durchaus nicht verächtliche Ausnahmeerscheinung. Und war das literarische Unvermögen vielleicht ein Makel, so kompensierte der Steinböck Lois diesen durch Fähigkeiten auf anderen Gebieten. Noch im Alter galt er als wieselflink. Er hieß nicht umsonst mit dem Haus- oder Vulgarnamen Steinböck! Nomen est omen. So erwischte er oft auch eins der Kinder, die ihn hänselten, oder müßte ich sagen: loiselten. Aus aloisianischer Solidarität und auch wegen meiner kurzen Beine beteiligte ich mich selbst aber nie an solchen Spöttereien.

Alois aber hießen nun nicht nur der ungebildete und »unbeleckte« Steinböck und ich, sondern auch unser Herr Pfarrer, der nicht allein Deutsch, sondern auch Latein, Griechisch und Hebräisch konnte. Nicht nur einmal bekam ich von dem geistlichen Herrn zum 21. Juni, unserem Namenstag, ein Heiligenbildchen mit dem Bild unseres gemeinsamen Namens- und Schutzpatrons, des heiligen

Aloysius. Die Volksfrömmigkeit hat Luigi Gonzaga leider bis zur Unkenntlichkeit sentimentalisiert. In Wahrheit ist dieser älteste Sohn und Erbprinz des Markgrafen Ferrante Gonzaga von Castiglione eine großartige Gestalt des 16. Jahrhunderts, dessen heroisches Leben zu studieren nicht nur das Herz jedes wahren Aloysius erfreuen könnte.

Ich habe mich in den letzten 48 Jahren so sehr an meinen merkwürdigen Namen gewöhnt, daß ich inzwischen mit ihm völlig einverstanden und versöhnt bin. Ich würde heute mit keinem anderen tauschen mögen, keinem Uwe oder Sascha oder Sven oder wie die heute beliebten Taufnamen lauten mögen. Gerade die Unbeliebtheit macht mir meinen Namen inzwischen sympathisch. In den Regalen jener Kaufhäuser, die Tassen mit Namensbeschriftung anbieten, fehlt die Alois-Tasse entweder von Haus aus, oder sie bleibt, wenn sie vorhanden ist, lange als unverkäuflich und verschmäht stehen. Einer muß der Alois sein, auch im Heimatfilm. Der einst so gewöhnliche Name Alois ist auf dem besten Wege, ungewöhnlich zu werden. Man kann ihn bereits mit Stolz tragen. Alois ist so etwas wie ein Aussteiger in der heutigen Öde der Nomenklatur, ein Exote und Individualist unter den Uniformierten. Ich habe selbst zu dieser Singularität insofern beigetragen, als ich keinen meiner beiden Söhne auf den Namen Alois taufen ließ, wie es sonst bei den Bauern Brauch ist. So wie mein Vater, der Martin hieß, keinen von uns Brüdern auf seinen Vornamen, den er immer sehr lächerlich fand, taufen hat lassen. Wenn er sehen könnte, wie es heute von Martins wimmelt! Es macht mir auch nichts mehr aus, daß es unter den großen Kaisern und Königen der Geschichte keine Aloise gibt, auch nicht unter den Päpsten, soweit ich sehe. Freiwillig hat diesen Namen noch keiner auf sich genommen. Mir soll er recht sein.

Von Odense bis Kastelruth

Über Dichterlesungen und Lesereisen

Einladungen zu Lesungen freuen die Dichter, wenn auch die berühmteren Kollegen solche Einladungen kaum annehmen, ja meistens nicht einmal beantworten. »Habe weder Zeit noch Lust«, hat uns Ernst Jünger seinerzeit ins Studentenheim geschrieben. Der Großteil der Schriftsteller rührt nicht einmal das Ohr, kaum die Schreibmaschine und sich sicher nicht vom Fleck, um ein Zeugma zu gebrauchen. Was soll's! Einladungen sind jedoch nicht gleich Einladungen, Einladungen ins Ausland, schon gar ins fremdsprachige, sind zum Beispiel etwas Besonderes. Die Erwartung aber, daß man dort mit seinen artifiziellen Subtilitäten verstanden wird, woher einen die mit etlichen rührenden Grammatikfehlern und überhaupt im Stil der Goethezeit geschriebene Invitation erreicht, ist eher gering. Will man sich aber nicht dem Vorwurf des Nationalismus aussetzen, wird man wohl reisen müssen. Bei allem, was gerade wir anderen Völkern angetan haben, ist das bißchen Unverstandensein, oder nur Nichtverstandenwerden, auch kein heroischer Akt der Wiedergutmachung oder gar Sühne, obwohl das Leiden des Autors beträchtlich sein kann! Wozu war der ganze stilistische und idiomatische Aufwand jetzt gut! Da hätte man sich gleich auf Infinitive und Nennformen beschränken können. Doch kann einem Unverständnis auch bei Landsleuten passieren. Nachdem ich bei einer Veranstaltung zum Thema »Dorf« im Innsbrucker Funkhaus einen Text aus meinem Buch »Vom Schnee der vergangenen Jahre« gelesen hatte, fragte mich anschließend ein Einheimischer am Kaffeeautomaten der Kantine, nachdem er mich zu seiner Verblüffung als den wiedererkannte, der vorhin auf der Bühne ins Mikrophon gesprochen hatte: »War das Gesätzchen eppa von Ihnen selber, was Sie da vorgerezitiert haben?« Und nachdem ich dies bejahen durfte, meinte er voll Bewunderung: »Was Sie nit sagen, alles eigene Fechsung! Dos wor nit schlecht, wohl, das war fein guat, mein Herr!«

Tirol ist immerhin Österreich. Doch denke ich im Zusammenhang mit Einladungen ins Ausland etwa an meinen Auftritt in Odense in Dänemark zurück. Die Erinnerung daran wird dadurch ein wenig getrübt, daß zu meinem Vortrag nur acht Zuhörer erschienen sind, von denen vier der dortigen »österreichischen Kolonie« angehörten, die übrigen waren: der einladende Professor, seine beiden Assistenten und die Institutssekretärin. Dafür also war ich fast 2000 Kilometer mit der Bahn angereist, rechne ich nach, so kam auf 500 Kilometer ein Hörer, wenn ich auf die Dänen, also die Fremden, abstelle. Ein kleines Auditorium läßt sich leicht überblicken, man kann es zählen und ist nicht auf Schätzungen angewiesen. Bei einem größeren Auditorium ist das anders, und man kann dem Veranstalter kaum widersprechen, wenn er anschließend ein wenig übertreibt und sich in die eigene Tasche lügt, indem er ordentlich aufrundet und kräftig dazuschlägt. Ein kleines Publikum ist auch immer ein interessiertes und ein dankbares Publikum. Das sagen auch die Begrüßer. Natürlich kommt bei einer derartigen Kammerveranstaltung keine Begeisterung auf. Enthusiasmus und Ovationen sind nur bei massiven Veranstaltungen im großen Haus zu erwarten. Sitzt man vor wenigen Menschen, so erschiene einem auch jeder stimmliche oder gestische Aufwand als eher unpassend, nicht weil die Anstrengung nicht verlohnte, sondern weil Sonanz und Resonanz einfach in ein rechtes

Verhältnis gebracht werden müssen. Wäre man zu laut, so kämen sich die paar Anwesenden wie gemaßregelt und gestraft vor, als ließe der Autor seine Wut an den schuldlos Erschienenen aus. Auf diese Weise haben etwa oft ungeschickte Pfarrer von der Kanzel herunter auch noch die Bravsten vertrieben. Mit den Abwesenden aber kann man nicht schimpfen. Wenn damals mein lieber dänischer Kollege eingangs sagte, er danke mir, daß ich den langen Weg nicht gescheut hätte, so war die Redewendung vom langen Weg ausnahmsweise wirklich alles andere als bloße Rhetorik. Im Anschluß an meinen Vortrag erfuhr ich auch den Grund für den enttäuschend geringen Besuch. Das Semester ging eben zu Ende, und die Studenten waren voll mit den Abschlußprüfungen beschäftigt und »mit Beschlag belegt«. Das also war der Grund. Und ich konnte mir den Kummer und die Enttäuschung vieler Studenten vorstellen, daß sie wegen dieses unglücklichen Zusammentreffens meine Lesung nicht hören konnten. Freilich mußte ich auch daran denken, daß es immer und überall, wohin man auch kommt, gute und triftige Gründe für das Fernbleiben der Massen gibt. Ich habe noch keine einzige Lesung an einem *günstigen* Termin gehalten, Termin und Datum sind immer ungünstig, denn immer findet vieles gleichzeitig statt. Das sagt einem der Veranstalter schon, bevor man aus dem Zug gestiegen ist, von dem er einen abholt. Vom Fernsehen ganz abgesehen, das täglich Programm bringt, meistens sogar Serien, die man Sendung für Sendung verfolgen muß, wenn man nicht den Zusammenhang verlieren will. Das ist ähnlich wie mit Periodika, die man bestellt hat, das Fehlen einer Nummer würde die ganze Reihe entwerten. Oft ist es mir schon vorgekommen, als würde ich überhaupt nur im Gefolge und im Troß gewissermaßen von Popsängern oder Bergsteigern reisen. Immer muß man wegen dieser Damen und Herren zurückstehen. Ich zweifle langsam schon sehr daran, ob ich es jemals so weit bringen werde, daß umgekehrt zu Udo Jürgens dessen Veranstalter sagen werden, heute würde er es mit den Zuhörern wohl schwer haben, weil Brandstetter gleichzeitig im Olympiastadion liest. Und wann jemals wird man ein Europacupspiel wegen einer Terminkollision mit einem meiner Vorträge verlegen?

Als junger Student hörte ich einmal in der Vorweihnachtszeit des Jahres 1957 in der Wiener Stadthalle eine Lesung Karl Heinrich Waggerls, *des* Dichters meiner Kindheit und frühen Jugend. Tausende drängten sich an den Kassen um Karten. Was wir dann erlebten, war freilich keine bloße Dichterlesung, sondern schon mehr eine Feierlichkeit. Als Waggerl im Anschluß an seinen Vortrag von den Menschen mit Büchern und Autogrammwünschen geradezu attackiert wurde, wurde er, der Gemütvolle, einen Augenblick ungemütlich und zornig. Das war offenbar nicht der Friede den Menschen auf Erden! Er gehe hier nicht weg, sagte er, ohne das letzte Buch, das man ihm reiche, unterschrieben zu haben. Erfolg hatte er mit seinem Aufruf zur Güte nicht, die Autogramm*jäger* machten weiterhin wilde Jagd, und der hagere Dichter wurde auf seinem Stuhl mitsamt dem Tischchen davor herumgeschoben. Ambulant gewissermaßen unterschrieb er und unterwegs auf das Schmutzblatt von »Das ist die stillste Zeit im Jahr«. Und es begab sich, daß er zwei Stunden lang signierte und signierte. Das war das Paradigma einer Dichterlesung für mich. So mußte es sein, so würde es sein, wenn auch ich erst einmal anfing und loslegte, wenn ich erst einmal den Stimmbruch und die ersten literarischen Erfolge hinter mich gebracht hätte. Von Odense kannte ich damals noch nicht einmal den Namen. Es ging gegen Mitternacht, als Waggerl mit seiner Schreibarbeit zu Ende war, erst nach elf Uhr wurde es stille Nacht in der weiten Arena, wo sonst Radrennen oder Fußballturniere stattfanden.

Ein Mitbewohner des Studentenheimes, Germanist wie ich, nahm mir den Besuch jener populären Großveranstaltung in der Stadthalle sehr übel. An einen Studenten der Literaturwissenschaft, meinte er, müsse man höhere Ansprüche stellen. Er erzählte mir, daß Franz Kafka eine einzige öffentliche Lesung in seinem Leben gehalten habe, daß zu dieser Lesung in München keine Leute gekommen seien und auch die Zeitungen davon keine Notiz genommen hätten und keine einzige Besprechung erschienen sei. So also sei es, wenn ein großer Schriftsteller, wenn der größte Schriftsteller dieses Jahrhunderts auftrete: das Gute habe keine Anhänger und keine Fangemeinde! Der Kommilitone war ein *militanter* Philologe, er hatte seinen literarischen Gott und wollte eifersüchtig keine anderen Götter neben ihm dulden. Ich aber dachte damals, man könnte vielleicht einen achten, ohne einen anderen verachten zu müssen. Aber natürlich ist das Bessere der Feind des Guten, vom Schlechten gar nicht zu reden.

Vor kurzem nun bekam ich eine Einladung zu einer Lesung in Kastelruth. Südtirol ist für einen österreichischen Autor natürlich ein ganz besonderes Land. Schon aus alter »Anhänglichkeit« erschiene da eine Ablehnung unverständlich. Zwar war ich vor Jahren schon einmal dort, und der Erfolg hielt sich damals eher in Grenzen, es fehlte ein wenig an der Gegenliebe ... Damals in Meran hatte ich, der literarische Anfänger, auch noch ausgesprochenes Pech und den denkbar ungünstigsten Termin erwischt. Der Bergsteiger Reinhold Messner war, gerade vom Himalaja zurückgekommen, wo er einen Achttausender ohne

Sauerstoffgerät und ohne die bis dahin üblichen Hilfen bestiegen hatte, und hielt nun in Bozen einen Vortrag. Das nahm natürlich viel potentielle Kundschaft weg, ja zog ganz Südtirol in seinen Bann. Da hätte man, literarisch gesehen, schon einen Nobelpreisträger aufbieten müssen, um dem Hochalpinisten *Paroli* zu bieten. So war damals die Luft für mich natürlich sehr dünn und das Publikum rar und locker! Allerdings war kurz vor mir der Autor Erich Fried in Bozen gewesen und hatte seine Zuhörer gefunden. So wurde ich im Anschluß an meine Lesung auch von einem der 30 Zuhörer gefragt, wie er es sich erklären müsse, daß zu Fried 500 Zuhörer gekommen seien und zu mir jetzt nur 50? Er verschätzte und überschätzte das Auditorium, wohl um auf das eindrucksvolle Zehntel zu kommen. Ja, sagte ich, Fried sei ein arrivierter Schriftsteller und außerdem ein Sozialist, Radikalsozialist, und ich bin noch nicht einmal Sozialdemokrat. So wie Messner ein Extrembergsteiger sei, sei Fried ein Extremschriftsteller, sagte ich. Ein stifterischer Bergwanderer wie ich hat hier natürlich keine Anziehungskraft.

Aber dies alles war nun ja Vergangenheit. Jetzt handelte es sich um eine Einladung nach Kastelruth! Ich hatte inzwischen einiges mehr geschrieben, vor allem den Roman »Die Burg«! Nicht nur einmal dachte ich bei dieser Schreibarbeit an die Burgen Tirols, Schloß Tirol, die Brunnenburg, Burg Rodeneck bei Brixen mit den sensationellen Iwein-Fresken …

Und jetzt sollte ich in einer Ortschaft auftreten, die die Burg, *Kastell*, schon im Namen führt! Eine Lesung aus der »Burg« im Lande Oswalds von Wolkenstein, im Land um den Schlern, wo mein Vater schon im Ersten Weltkrieg als Soldat gekämpft hat! Eine Einladung mit vielen Rufzeichen! Daß mein Vater damals nicht erfolgreich war, daß der Krieg und Südtirol verlorengingen, und daß er in den Dolomiten auch noch verwundet wurde und lange im Lazarett lag, wollte ich diesmal aber nicht als schlechte Vorzeichen und böse Omina gelten lassen. Das war der Schnee vom vergangenen Jahr. Es hieß aber nicht nur die Ortschaft Kastelruth, die Einladung betraf ein Kulturhaus, das nach meinem Wiener Lehrer, dem Historiker Leo Santifaller, benannt war, dem großen Sohn Kastelruths, bei dem ich Ende der fünfziger Jahre vieles von dem gelernt hatte, was mir beim Schreiben der »Burg« von Nutzen war. Einen beziehungsreicheren Ort konnte ich mir für eine Lesung nicht vorstellen und wünschen! Und sicher waren dies alles auch die Gründe, warum man mich unbedingt dort haben wollte. Unter diesen außergewöhnlichen Umständen machte es nun sicher nichts mehr aus, daß sich das Land an Etsch und Eisack wieder einmal zu einem Reinhold-Messner-Empfang rüstete. Schon der Taxifahrer hatte mir auf dem Weg vom Bahnhof zum Hotel in Bozen begeistert erzählt, daß Messner nun den letzten der Achttausender im Himalaja bestiegen hätte, ohne Sauerstoffgerät. Der Taxifahrer erzählte mir auch etwas von einer alten Burg, die der Extrembergsteiger gekauft und renoviert und zu einem Buddhismus-Zentrum ausgebaut habe. Da mußte ich doch einmal nachfragen: Zu einem Buddhismus-Zentrum? Heiliges Land Tirol! Das war wohl nicht ganz der Glaube der Väter. 14 Achttausender hatte Messner bestiegen, der Zufall will es, daß ich gerade 14 Bücher veröffentlichte, ich habe also *Schritt* gehalten, wenn auch in der oft dicken Luft meiner Schreibstube.

Zu meiner Kastell-Lesung in Kastelruth kamen nur fünf Zuhörer, gezählte, nicht geschätzte. Das war in meiner Laufbahn der Minusrekord, das Ergebnis lag unter dem Odense-Niveau. Dieses Mißerfolgserlebnis zu verkraften, mußte ich schon sehr hoch greifen und mich an Georges Bernanos erinnern, der geschrieben hat, Erfolg sei vor Gott absolut keine Kategorie und gänzlich belanglos. Natürlich war mir aber wie meinem Vater zumute, als sie ihm auf der Marmolata 1916 ins Bein schossen, ähnlich mag es auch Oswald von Wolkenstein gegangen sein, als er das Auge verlor. Kastelruth ging ins Auge. Der Veranstalter lud uns alle im Anschluß an die Lesung zu einem Glas Wein ein, verausgaben mußte er sich bei diesem Auditorium ja nicht. Dort stellte sich im Gespräch heraus, daß drei der fünf Zuhörer eine Urlauberfamilie aus Neuwied am Rhein waren. Auf dem Rückweg nach Bozen erzählte mir der Fahrer, daß sich der Name des Schauplatzes meiner Burg-Lesung, Kastelruth, von *castellum rutum* herleite, was auf Deutsch so viel wie »die zerstörte Burg«, »die Ruine« bedeute.

Recht geschieht dir, sagte ich mir im Hotel und erinnerte mich an eine denkwürdige Auslassung über Dichterlesungen, die ich kürzlich im Roman »Alte Meister« gefunden hatte: »Und dann machen diese Schriftsteller sogenannte Lesereisen und reisen kreuz und quer durch ganz Deutschland und durch ganz Österreich und durch die ganze Schweiz und lassen kein noch so stumpfsinniges Gemeindeloch aus. Sie lesen von Flensburg bis Bozen ihren Mist vor …« Von Odense bis Kastelruth …

Aber hat *er* sich denn selbst daran gehalten? Drei Lesungen habe ich von ihm im Laufe der Jahre gehört, eine eindrucksvoller als die andere, eine weiter hinten in der Provinz als die andere. Vor Jahren holte ich mir auch ein Autogramm:

»Für Alois Brandstetter, herzlichst Thomas Bernhard, Saarbrücken 24. April 1968« steht auf dem Vorsatzblatt meines Exemplars von »Amras«.

Von den Gebärden der Redner

Die Paläanthropologie, das ist die Wissenschaft vom Urmenschen, behauptet, daß der Mensch gar keine ursprünglichen und ausschließlichen Sprechorgane besitzt, sondern daß sein gesamter Sprechapparat von Haus aus eine andere, nämlich vitalere Bestimmung und elementarere Widmung gehabt habe. Dieser anthropologischen Theorie zufolge ist das Sprechen weiter nichts als ein phonetisches Abfallprodukt des Kauens. Im Sprechen seien nur jene Laute *artikuliert*, das heißt nach neuen Gesichtspunkten musikalisiert worden. Sprechen sei demnach so etwas wie ein Schmatzen und Rülpsen ohne Essen. Es habe einer großen Anstrengung bedurft, die Kauwerkzeuge auch als Sprechwerkzeuge zu kultivieren.

Spricht einer während des Essens, also mit vollem Mund, so aktiviert er beide Funktionen, die primäre und die sekundäre Funktion von Zähnen, Lippen, Gaumen, Zunge, Rachen und Hals, nützt somit seinen Körper voll ... Wobei freilich eine Tätigkeit die andere beeinträchtigt. Man versteht den sprechenden Esser oder den essenden Sprecher schlecht. Man kann auch annehmen, daß das Materiale und Fleischliche zwischen den Zähnen, das zerkleinert und dann geschluckt wurde, zugleich auch einmal das Thema Nummer eins des Sprechens dargestellt haben wird. Das Disputieren über Probleme der Anthropologie beginnt erst wesentlich später. Spricht heute ein Philosoph über Fragen der Erkenntnistheorie, so kann man sich schwer vorstellen, daß er dies während des Essens tut, die abstrakten, *brotlosen* Themen verlangen nicht nur höchste Konzentration, sondern auch eine gewisse Distanzierung von allem Materiellen. Während meines Aufenthaltes im Saarland habe ich freilich einmal einen Gastprofessor erlebt, der während des Suppeessens nicht nur das Kunststück zustandegebracht hat, über die Frage der Herkunft der germanischen Langzeile zu sprechen, sondern auch noch seine Pfeife zu rauchen, wobei er abwechselnd die Pfeife oder den Löffel zur gestischen Unterstützung seiner Lehrrede benützte.

Ich habe auch noch andere Kunststücke von zerstreuten Professoren erlebt. Einen habe ich in Erinnerung, der während des Vortrags immer eine Hand in den Hosensack steckte, die sich dort aber nicht ruhig verhielt, sondern hin und her und in die Tiefe fuhr. Sie illustrierte auf ihre Art das Bohrende der oben erörterten Fragen, wobei sie gerade gegen die Leibesmitte zu dringen schien, zu jenem neuralgischen Punkt, der dem Verstand so schwere Konkurrenz macht, daß jemand sagen konnte, er mißtraue jedem nichtsexuellen Gedanken. »Geistige Onanie« heißt ein immer wieder gerade gegen die *reine* Philosophie erhobener Vorwurf. Daran schließen sich Erfahrungen mit Rednern an, die mit ihren Händen rein rhetorisch auf andere, auf vielerlei Weise, nichts anzufangen wissen, die sie irgendwo hinlegen oder -stellen und dann dort mehr oder weniger vergessen, die sie herunterhängen lassen, zeitweise kreuzen und auf diese Art *verhaften*, oder andere, die sich ständig am Manuskript zu schaffen machen. Gewisse Redner fahren immer wieder zur Brille, wie um ihren Sitz zu prüfen. Einige halten sich am Pult fest, daß man meint, sie möchten nicht eigentlich sich selbst, sondern das Pult festhalten, das ihnen entrissen werden könnte und mit ihm das Wort und die Sprecherlaubnis. Diese immer wiederkehrenden, wie Ticks wirkenden Entlastungsaktionen entsprechen im nonverbalen Bereich den Ahs und Ähs,

Nichtwahrs, Sozusagens und Alsos im verbalen Bereich. Rein redetechnisch sind sie Inseln oder Rastplätze, an denen wieder Kraft für etwas Neues gesammelt wird.

Neben der großen Skala von Verlegenheiten gibt es natürlich auch die Redner und Sprecher, die mit Hilfe der Hände oder auch anderer Körperteile ihre Rede synsemantisch, also gleichsinnig, unterstützen und unterstreichen. Wer erinnert sich nicht an den aufbrausenden Nikita Chruschtschow, als er bei einer Rede vor der UNO in New York mit dem Schuh auf das Pult schlug – eine »Geste«, zu der von seinen greisen Nachfolgern im Kreml nicht nur vom Temperament her, sondern auch gesundheitlich und vitalitätsmäßig keiner mehr in der Lage war.

Ein Redner, der »sich in der Hand hat«, wird sich nicht immer zu einer völligen Redundanz und Korrespondenz zwischen Verbalität und Nonverbalität *bewegen* lassen. Er wird im Gegenteil vielleicht das inhaltlich Lauteste, Offensivste völlig gelassen und ruhig, sozusagen mit Eiseskälte vorbringen und den Wink mit dem Zaunpfahl, der Brechstange oder der Faust spärlich und überlegt einsetzen. Der Verhaltensforscher Konrad Lorenz hat in einem offenen Brief an den damaligen Bundeskanzler Fred Sinowatz diesen darauf aufmerksam gemacht, daß er, Sinowatz, in seiner großen Hainburg-Philippika fortgesetzt die Hand zur Faust geballt hielt. Ein versierter Verhaltensforscher erkennt nicht nur die allgemeine animalische Komponente in allem Verhalten, er entdeckt selbst am höchsten Lebewesen, dem Menschen, und sei es der Bundeskanzler, das Säugetier. Auch in der Organisation unserer großen Büros und auf den Ämtern wird deutlich erkennbar, daß der Mensch von Haus aus ein Jäger, Sammler und Fallensteller ist. Wirklich zivilisiert ist er kaum am Sonntag. Und nur wenn er schläft, sündigt er nicht, jedenfalls bewußt …

Ich selbst habe in einer Zeit an der Universität Wien studiert, als sich die Professoren dort noch etwas zu sagen getrauten und in ihren Reden und Vorlesungen auf den großen Lehrkanzeln, etwa im Hörsaal 38 oder 42, auch noch gestikulierten, nicht wild fuchtelnd, sondern noch in der Tradition der jahrhundertelang gültigen Gebärdensprache mit den sechs normierten Gesten, darunter Händefalten, Händeringen, Armheben. Und dozierte dort etwa Professor Hugo Hantsch, der Benediktiner, über Reformation und Gegenreformation, so lag nichts näher als eine gewisse, wenn auch leicht säkularisierte Orantenhaltung. Und zog ein Altgermanist mit großem Gefolge in den Hörsaal 38 und erklomm über mehrere Stufen die mit einem Baldachin wie mit einem Himmel über den barocken Kirchenkanzeln überdachte Lehrkanzel, den eigentlichen Lehrstuhl, um dort über Johann Wolfgang von Goethes »Regeln für Schauspieler« oder Johann Kaspar Lavaters »Physiognomische Fragmente zur Beförderung der Menschenkenntnis und Menschenliebe« zu lesen, so ergab sich die große Gebärde sozusagen von selbst und *ganz natürlich*. Heute dagegen geht es an den Universitäten bei Vorlesungen und akademischen Feiern wirklich *ganz natürlich* und unfeierlich zu. Die Würde aber liegt nicht in der Natur des Menschen, der von den Philosophen so genannten Ersten Natur, sie resultiert vielmehr aus der Kultur, der formenden Gestaltung und Veränderung des Naturwüchsigen, möchte man den vielen Saloppen, Schnoddrigen, Spöttischen, den äußerlich und oft leider auch innerlich Zerlumpten, all den Studenten, Assistenten und Professoren, die sich und die *Hohen* Schulen *erniedrigen*, zurufen, händeringend!

Der kurzen Rede tiefer Sinn

Ein Plädoyer für die Kurzprosa

Ein Prosaautor hatte früher einmal ein geringeres Ansehen als ein Lyriker, der Dichter und Poet im eigentlichen Sinn. Die sogenannte *gebundene* Rede wurde für schwieriger und schwerer zu erzeugen angesehen als die *ungebundene*. Die Krönung des Prosaschreibens seinerseits aber sah man im (langen) Roman. Und auch heute begegnet man noch dem Urteil: Er schreibt (nur) Kurzprosa. So wird der Autor der Kurzprosa manchmal als Faulpelz betrachtet, der die Mühen der epischen Form nicht auf sich nimmt, der schnell fertig sein will. In der Kürze liegt nach dieser Meinung keine Würze und kein Lorbeer. Auch herrscht bezüglich der Kurzprosa gemeinhin keine differenzierte Vorstellung, man subsumiert unausgesprochen darunter alles umfangmäßig Begrenzte, von der Anekdote, der Skizze, der Kurzgeschichte, der short story bis hin zu Essay, Fabel, Märchen, Feuilleton, Reportage u. a. Die Verwirrung ist freilich trotz der Arbeit von André Jolles, »Einfache Formen«, Halle 1930, bereits von altersher groß, weil es schon immer Erzählungen und Geschichten gegeben hat, die einen Roman nicht nur an Umfang, sondern auch an Gehalt übertroffen haben, und heute auch deshalb, weil die Verlage jede irgendwie zusammenhängende »kursive« Prosa als »Roman« firmieren lassen, weil sie sich davon ein besseres Geschäft versprechen. Es gibt somit heute auch den sogenannten »Kurzroman«, das »Romänchen«, wie nun auch wieder Novellen, »Noveletten«, geschrieben werden, wenn sie auch oft keiner der viel diskutierten Gattungsdefinitionen entsprechen und nur wegen des schönen Klanges so tituliert werden mögen.

Wenn sich ein als Kurzprosaautor eingeführter Schriftsteller »an einen Roman wagt«, was so klingt, als würde man sagen, ein Hundertmeterläufer geht auf die lange Distanz des Marathons, dann muß er damit rechnen, daß ihm diese »Grenzüberschreitung« von den Kritikern übel vermerkt und als Hochstapelei ausgelegt wird. Ich habe das erfahren, als ich nach meinen kurzatmigen Büchern »Überwindung der Blitzangst« und »Ausfälle« etwas tiefer Luft geholt und den Roman, oder »Roman«, bitteschön, »Zu Lasten der Briefträger« geschrieben habe. Schuster, bleib bei deinem Kurzprosaleisten ... Später habe ich meine Kurzprosa unter dem Titel »Von den Halbschuhen der Flachländer und der Majestät der Alpen« herausgebracht. Eine Kurzprosa ist irgendwie einem Halbschuh oder einer Sandale zu vergleichen, einem *leichten* Schuhwerk, der Roman dem Stiefel. Und manche Romanciers schreiben auch wirklich einen Stiefel zusammen. Macht ein Kurzprosaautor aus seiner Not eine Tugend, wenn er den Roman wie Wolf Wondratschek als obsolet und 19. Jahrhundert denunziert? »Roman ist nur noch ein Spitzname für Literatur ...«

Die Kritiker der Kurzprosa wieder sagen, sie entspreche einer Boulevardisierung der Literatur, sie sei der unübersehbare Ausdruck dieser ungeduldigen und ruhelosen Zeit. Da die meiste Kurzprosa auch zugleich ironisch, kritisch und vor allem satirisch ist, hat sie in den Augen ihrer Kritiker auch den Makel des destruktiven Unernstes. Ein Roman kann noch so ironisch sein, er gilt eo ipso als ernsthafter. Kurzprosa ist dagegen Leichtgewicht. Ist Kurzprosa eine »bescheidene«, eine »beschränkte« Literatur? Lachhaft!

Für mich ist das Kurzprosaschreiben, dem ich immer nach und zwischen meinen Romanen »Zu Lasten der

Briefträger«, »Die Abtei« und vor allem »Die Mühle« oblag, schon auch so etwas wie ein Ausrasten nach der Mühe der Recherchen und Studien für die umfangreicheren Bücher. Wenn ich mich, wie in meinen Erinnerungsbüchern »Vom Schnee der vergangenen Jahre« und »Über den grünen Klee der Kindheit« biographierend meiner Vergangenheit und Erinnerung zuwende, dann kann ich gewissermaßen aus dem Stand arbeiten. Ich liebe an der kurzen Prosa den Umstand der *Übersichtlichkeit*, ich sehe das Ufer und freue mich auf die Landung, wenn ich auch vor der Lände und dem Anlegen noch einige Schleifen und Bögen mache. Beim Schreiben der »Mühle« bin ich mir dagegen manchmal wirklich wie auf dem Ozean vorgekommen und hatte Bangigkeit im Herzen, ob ich dies alles auch zu einem guten Ende und in den Hafen steuern kann. Und so ist in meinen Augen an dem Vorwurf sicher etwas daran, daß die Unrast der Zeit und der Menschen heute dem einen, großen Lebenswerk abträglich ist. Uns erscheint Odysseus wie Sisyphos oder Prometheus. Heute aber ist die Zeit der Coups, der literarischen Blitzkriege. Die Autoren liefern Scharmützel statt Schlachten. Dazu bedarf es denn auch allenfalls der Taktik, aber nicht der Strategie.

Ist aber Kurzprosa nun quantitativ gesehen eine »ermäßigte«, »erleichterte« Literatur, so darf es sich der Autor nach meiner Überzeugung nicht auch sonst leicht machen. Geplänkel sind nicht erlaubt. Ganz im Gegenteil. Ein kurzer Text muß umso genauer gearbeitet sein, umso liebevoller im Detail ausgestattet werden. Eine Schlamperei in einem Kurzprosatext, etwa eine unbeabsichtigte Wortwiederholung oder eine andere stilistische Grobheit, vor allem das »Wort zuviel«, schadet hier ganz besonders. Der »Barbarismus« springt stärker ins Auge, stört den ganzen Text und kann ihn richtiggehend zerstören. Hierin nähert sich die Kurzprosa dem Gedicht, wo die Form und die »Formulierung« natürlich die größte Rolle spielen, sodaß die Kunsthaftigkeit der Gestaltung selbst den »Inhalt« unwesentlich machen, ja gewissermaßen zu diesem oder zum »Gehalt« werden kann. Bei einer Miniatur darf sich nichts wiederholen, wenn diese Wiederholung nicht als bewußtes Ausdrucksmittel, als Anspielung, Anklang, Zitat oder Refrain einen inhaltlichen Sinn hat. Sonst ist die Miniatur auf der Stelle Makulatur. Ich selbst habe mir in meinen kürzeren Stücken sehr viele solcher verbalen Bezüglichkeiten erlaubt. Ich liebe die sogenannten »etymologischen Figuren«, Rede- und Schreibfiguren, in denen Wörter aus einer Wurzel und somit Mitglieder einer »Familie« auftreten. Und wie verschieden, wie merkwürdig ungleich können selbst Brüder sein! Die Wörter müssen in einer Kurzprosa ihre ganze semantische Kraft und ihren Beziehungsreichtum nicht nur im Hinblick auf die Denotation, sondern auch im Konnotativen entfalten und bewähren. In einem sogenannten »spannenden« langen Trivialroman spielt das einzelne Wort kaum eine Rolle, die langen Trivialromane sind Wortfriedhöfe, die auch angemessen rezipiert werden: Die Leser lesen diagonal, ihr Genuß liegt in der Aktion, nicht in der Gestaltung und Ausführung. Nicht die Kunst, sondern Taten und Untaten werden ausgeführt. Einem sorgfältigen, literarisch ambitionierten Kurzprosaautor kommt denn auch ein solcher »romanhafter« Umgang mit der Sprache wie eine Perversion und Korruption, eine einzige Sünde gegen den heiligen Geist der Sprache vor. Die langen Reden der Romane haben nicht selten einen sehr kurzen Sinn, die kurze Rede der Kurzprosa aber hat einen langen und tiefen Sinn …

Königsberg und Innsbruck oder: Der Skilauf, von der hohen Warte des deutschen Idealismus gesehen

Daß alle unsere Erkenntnis mit der Erfahrung anfange, daran ist gar kein Zweifel, denn wodurch sollte das Erkenntnisvermögen sonst zur Ausübung erweckt werden, geschähe es nicht durch Gegenstände, die unsere Sinne rühren und teils von selbst Vorstellungen bewirken, teils unsere Verstandestätigkeit in Bewegung bringen, diese zu vergleichen, sie zu verknüpfen oder zu trennen, und so den rohen Stoff sinnlicher Eindrücke zu einer Erkenntnis der Gegenstände zu verarbeiten, die Erfahrung heißt?

Steht nun hier und jetzt die menschliche Bewegung mit Zuhilfe des Vehikels der sogenannten Skier zur Erörterung, so wird der kritische Verstand in der Erkenntnis der einschlägigen Erscheinungen und ihrer Flucht alsbald einen allgemeinen und einen besonderen Teil von Phänomenen zu unterscheiden imstande sein. Sehen wir zum Beispiel auf den Unglücksfall des Mißlingens jener Bewegung als den sogenannten *Sturz*. Wird nicht der in den Schnee Stürzende seinen *Sturz* als eine Specialität des allgemeinen *Falles* erkennen? Verhält uns nicht unsere Vernunft, im Sturz einen Anteil *vor aller Erfahrung* und einen solchen *aus* oder *nach der Erfahrung* zu erblicken? So beschreiben wir das Apriori des Mißlingens des Skilaufes geradewegs mit dem Begriff Fall und benennen die Causalität des *Falles* als *Schwerkraft* oder *Gravitation*, worunter wir keine eigentliche *Kraft*, sondern die träge Neigung alles Bewegten zum Stillstande und den Drang des Höheren und Erhobenen, sich in der Tiefe, im Ebenen und Flachen zu beruhigen, verstehen wollen. So ist denn das Apriori jeden Sturzes ein generelles Fallgesetz, von welchem noch keine Ausnahme gefunden. Doch kommt zur Erkenntnis des Apriori des *Sturzes* als *Fall* auch eine große Post von Voraussetzungen, die aus der Natur des Menschen selbst abgeleitet werden können. Als die größte Schwäche des Menschen muß in diesem Verstande seine Endlichkeit angesehen werden. Hierin gründet denn auch der *Sturz*, der als die hauptsächliche Art, die Bewegung der Fahrt zu beenden, gelten muß. So möge hier vor allem er, der Sturz nämlich, unsere Verstandestätigkeit in Bewegung setzen.

Ich habe manchmal selbst winterszeit vor den Toren unserer Stadt, hauptsächlich auf dem Hohen Königsberg, unsere Jugend lange beim Skilaufen beobachtet und aus meinen müßigen Beobachtungen im Hinblicke auf die angezogene *Endlichkeit* des Menschen als eines Haupthindernisses für eine fehler- und sturzfreie Fahrt den Schluß gezogen, daß sich die Stürze gegen Abend significant vermehrten. Ich erkläre diesen Umstand dahin, daß die Kategorie der Zeit die angebotene Schwäche des Menschen erhöht und zur klaren Erscheinung bringt. Wir können im Horizonte dieser Wahrnehmung eine *Ermüdung* als die Antwort der menschlichen Endlichkeit auf den Factor der Zeit betrachten, den Skilauf insgesamt aber als den im letzten vergeblichen, ja von vorneherein (a priori) zum Scheitern verurteilten Versuch, die natürliche Schwäche der Endlichkeit zu überwinden, dessen bloß interimistischer Erfolg als evident auf allen Händen liegt.

Freilich erfährt die Universalie der menschlichen Endlichkeit, der sowohl körperlichen als auch seelisch-geistigen Beschränktheit, in den einzelnen Individuen ihre specifische Ausprägung, wobei ich bei Beobachtung der akademischen Jugend gerade in Erfahrung gebracht, daß jene Studenten, die mir von meinen geographischen Seminaren her als die im Geistigen und Philosophischen Wendigeren und Interessierteren bekannt waren, hier ihrer Endlichkeit schneller und schmerzlicher Tribut gezollt, das heißt öfter und schwerer und auch schon am frühen Nachmittage gestürzt, während die im geistigen Geschehen unserer Universität eher abseits Stehenden und Unbeweglicheren hier beim Skifahren auf dem Hohen Königsberg als die Tüchtigeren erschienen. Einige dieser jungen Menschen ließen, ansehnlich und schnell und zugleich ausdauernd gleitend, vorübergehend den seinsgemäßen Mangel der Begrenztheit unserer Natur geradezu vergessen. Namentlich habe ich einen externen Studenten aus dem österreichischen Alpenland diesbezüglich in der besten Erinnerung, dessen Fahrweise mich an die alte klassische Redensart *wie ein junger Gott* erinnerte, in welchem Worte die Alten den Eindruck jener beglückenden Freiheit vom irdischen Zwang in der hypostasierten Gottheit zum unvergleichlichen sprachlichen Ausdrucke brachten. Gerade aber diesen österreichischen Studenten hatte ich von unserem akademischen Lehrbetriebe in der allerunvorteilhaftesten Erinnerung. Nach meinen Erfahrungen mit österreichischen und alpenländischen Studenten muß ich leider annehmen, daß dort unten im Süden die Berge so hoch wie die Philosophie und der Geist flach und tiefstehend seien. Aus Innsbruck wurde mir Kunde, daß die Studenten dortselbst mehr auf den umliegenden Bergen als in den Kollegien der Herren Professoren anzutreffen seien, ja darüber hinaus, daß im Wintersemester selbst das Lehrpersonal Forschung und Lehre Forschung und Lehre sein lasse, und, statt die ontologische Differenz zu bedenken, in die Berge steige. *Transzendenz* und *transzendental*, schreibt mir ein unglücklicher Kollege aus Innsbruck, werden dortzulande mit dem Übersteigen von Bergen verwechselt. Auch sei es zu einer völligen Umwertung aller Werte gekommen, daß selbst von der akademischen Jugend nicht mehr die großen Dichter und Weltweisen, sondern einige muskuleuse, aber geistig inferiore Skiläufer als die nationalen Vorbilder betrachtet und ihnen nachgeeifert werde. So habe denn die geisteswissenschaftliche Facultät sogar schon die Lächerlichkeit einer Lehrkanzel für Leibeserziehung erwogen! Wenn ich meinem unglücklichen österreichischen Kollegen trauen darf, wofür ich gute Gründe habe, weil ich in ihm einen treuen Anhänger unseres deutschen Idealismus weiß (was ihn freilich in jenem hedonistischen und epikureischen Land der Phäaken wie einen seltsamen Fremdling und Heiligen erscheinen läßt), so treibt diese an und für sich unschuldige und heitere Freizeitbeschäftigung schon die seltsamsten Blüten. So hätten es einige Skifahrer durch ständige Übung bereits dahin gebracht, daß ihnen die gegebenen Schwierigkeiten, die das Gelände und die menschliche psycho-physische Natur der Bewegung mit Skiern entgegensetzen, nicht mehr genügen, sodaß sie diese durch freiwillig eingegangene Restrictionen, Nachteile und Fesseln künstlich erhöhen und verstärken. Der Herr Kollege bezeichnet dies in den Worten meiner »Kritik der reinen Vernunft« als das Spiel mit der »Möglichkeit der Kausalität durch Freiheit in Vereinigung mit dem allgemeinen Gesetz der Naturnotwendigkeit«. Durch die Unbändigkeit ihrer Fahrweise brächten diese Verwegenen immer wieder sich und andere in die größte Gefahr. Sie verschlossen sich ganz und gar dem kategorischen Imperativ des Skilaufs: Fahre so, daß die Maximen deiner Fahrt jederzeit zugleich als Prinzip einer allgemeinen Verkehrsordnung gelten könnten. Die Folge dieses schrecklichen Übermutes sei aber nun, daß es zu vielen verheerenden Unfällen komme, weil sich die menschliche Natur räche, wie ja einsichtigerweise jener, der die Möglichkeiten seiner Natur ausloten wolle, ihre Grenzen immer wieder auch überschreite und hart anstoße, und Hochmut, entsprechend einer alten Spruchweisheit, vor dem Fall (Sturz) komme. So seien die Spitalsbetten der Stadt Innsbruck angefüllt mit Menschen, die an ihrem eigenen Leib nicht nur die Grenzen ihrer Möglichkeiten, sondern darüber hinaus die *Bedingung der Möglichkeit selbst* erfahren und erlitten hätten. Der desolate Herr Kollege schreibt mir in einer etwas eigenartigen und absonderlichen, aber als Metapher doch einsichtigen Formulierung, der Sturz sei alles, was beim Skilaufen der Fall sei. Aber sei dem nun in Österreich wie immer. Kehren wir zu unserer Aufgabe und zu unserem Gedanken zurück. Ich wurde durch Erfahrung, sohin a posteriori, belehrt, daß man aus der Häufigkeit, mit der eine sportliche Fähigkeit mit einer intellektuellen Unfähigkeit einhergeht, nicht im Umkehrschluß von einem praktischen Mangel auf eine theoretische und analytische Stärke schließen dürfe. Damit erkennen wir den Zusammenhang zwischen dem einen und dem anderen nicht von einer höheren Vernunft als etwa der Entelechie gesteuert, sondern in die Beliebigkeit des je Einzelnen und Jeweiligen gegeben. Der Sturz aber, den wir nach dem alten Grundsatz: *pathologia illustrat physiologiam* in Betrachtung genommen haben, kann nicht für den Skilauf selbst gehalten werden. Der theoretische Nutzen einer solchen negativen Betrachtungsweise der Bewegung wird freilich darin erfahren, daß im Sturz das Skifahren an sein Ende gebracht und *definiert* wird und als negative

Verwirklichung des an und für sich und prinzipiell Möglichen deutlich zur Anschauung kommt. Wir würden freilich selbst in unserer Gedankenbewegung scheitern, würden wir das Stürzen als die Falsification des Skilaufs darstellen. Dieses wäre so wenig angängig, wie es unangebracht ist, den Tod, der doch nur der Vernichter der Lebenden und Seienden ist, für den Vernichter des Lebens und Seins selbst zu halten.

Menschengedenken

1. Die dreißiger Jahre

Wer 1936 wie der Deutsche Max Schmeling mit einem Farbigen in den Vereinigten Staaten von Amerika boxen wollte, mußte zuerst einmal die Anstrengung einer Schiffspassage auf sich nehmen. Dazu bereits brauchte es seinerzeit Kondition. Nur nicht seekrank werden! Mancher aber stieg damals als Angehöriger der Schwergewichtsklasse aufs Schiff und kam drüben, nachdem er auf See wenig zu sich nehmen konnte, aber viel von sich geben mußte, als Halbschwergewicht an. Halbschwer bedeutet in der Sportsprache natürlich nicht Schwer halbe. Damals galt übrigens die Regel, daß die Gefahr, seekrank zu werden, mit der Größe und steigender Tonnage des Schiffes sank, auf schweren Schiffen wird einem schwerer, auf leichten leichter und schneller übel. Die Schiffe werden nicht nach Fliegen, Bantam, Feder, Leicht, Welter, Mittel, Schwer, sondern nach Bruttoregistertonnen eingeteilt. Bezeichnenderweise nennen die vom Fach die Gesamtladung »dead weight«, einschließlich der lebenden Passagiere, was zeigt, daß die Seeleute zwar ein emotionales Verhältnis zu ihrem Schiff, oft aber ein eher kritisches zu den Fahrgästen haben. Ich habe noch die häßlichen Flüche jenes Matrosen im Ohr, der das kleine Schiff, mit dem wir 1957 auf unserer Maturareise von Neapel nach Capri fuhren, hinter und nach uns zu säubern hatte. Der ganze Jahrgang, mit wenigen eisernen Ausnahmen, standen wir an der Reling und opferten Gott Neptun. Schmeling an der Reling, das reimte sich zwar, wäre aber wie gesagt im Hinblick auf den denkwürdigen Kampf am 19. Juni 1936 im New Yorker Yankee Stadion gegen Joe Louis eine Katastrophe gewesen. Ein »reiner« Reim zwar, aber ein Reim vom und zum Kotzen … Der stramme Max aber hat alles, nicht nur den Kampf gegen den als unbesiegbar geltenden 22jährigen Farbigen – Schmeling selbst war immerhin 31 –, sondern auch den Atlantik gut überstanden.

In der zwölften Runde schlug der Exweltmeister aus Deutschland den Amerikaner k. o. He knocked him out. Was heißt denn eigentlich k. o., fragte ich als Kind meinen Freund. Er sagte: kampfunfähig. Dann müßte es doch k. u. heißen, erwiderte ich. Der Freund sagte aber, es handle sich hier um eine altertümliche Form: »kampfohnfähig«, so wie es auch »ohnmächtig« und nicht »unmächtig« heiße. Ach, so ist das also, dachte ich. Ich brachte das k. o. übrigens irgendwie mit dem u. k. in Zusammenhang, das mein Vater und die Erwachsenen damals oft gebrauchten, wenn sie vom Krieg und vom Einrücken erzählten, hielt u. k. für das Gegenteil von k. o. Heute weiß ich, daß u. k. natürlich »unabkömmlich« bedeutet. Wenn sich einer u. k. stellen ließ und am allgemeinen Kampf, der aber damals kein Spiel und keine Sportveranstaltung, sondern ein ernster Krieg war, nicht teilnahm, dann konnte er gewissermaßen auch nicht k. o. gehen. *Fallen* aber war in diesem Fall mehr als das, was Joe Louis in der zwölften Runde zustieß. Zusätzlich verwirrte mich als Kind nach dem Krieg eine andere amerikanische Abkürzung, nämlich das häufige o. k., das etwa die amerikanischen Besatzungssoldaten sagten, wenn sie mit den Würmern einverstanden waren, die wir ihnen als Köder zum Fischen im Innbach gebracht hatten. Es kann also etwas entweder o. k. oder k. o. sein. Das hielt ich für das Kernstück der amerikanischen Philosophie. All correct.

»Es waren harte Zeiten.« Das ist eine Redewendung, sie trifft aber für 1936 sicher zu. Die Härte drückte sich schon sprachlich aus. So wird Joc Louis in dcn damaligen Berichten und Kommentaren regelmäßig »Neger« genannt. Heute wäre das eine Beleidigung. Ob die Menschen freilich deshalb auch schon besser geworden sind, weil sie sich gewählter, eleganter und feiner ausdrücken? Ein Boxer jedenfalls muß nach wie vor konfliktfreudig, er darf nicht konfliktscheu sein, sein Beruf ist gewissermaßen der Konflikt. Und es bedeutet genaugenommen auch einen Rückgriff auf die Vergangenheit und das Altertum, wenn heute den Boxkämpfen wieder große Redeschlachten vorausgehen. Bei den Griechen ging dem eigentlichen *Agon*, das heißt Kampf, der Rede-Agon, das Wortgefecht, voraus. Diese Reizreden machten die Kontrahenten heiß und »feindselig«. Freilich spielte sich dies nicht auf Pressekonferenzen, wie seinerzeit bei Cassius Clay, alias Muhammad Ali, ab. Der Punkt ohne Wiederkehr, the point of no return, war erreicht, wenn etwa einer das Andenken der Mutter des anderen beleidigte und den Gegner »Sohn einer Kebse« oder »Bastard« nannte. Als »häßlichen alten Neger« bezeichnete Clay seinen ersten und wichtigsten Gegner, Sonny Liston, er, der junge, schöne Schwarze. Im Altertum hieß es: Das Gespräch ist zu Ende, jetzt »sprechen« die Waffen. Ein schöner bildlicher Ausdruck und eine »Personifikation« für eine unschöne Angelegenheit. Archaisch und mythisch mutete es mich auch an, als Muhammad Ali und Leon Spinks vor ihrem ersten Kampf verlauten ließen, sie verstünden ihren Fight auch als ein Messen des Christentums (Spinks) mit dem Islam (Ali), Allahs also mit dem Gott des Christentums. Die Götter eines anderen schmähen galt auch den Alten schon als besonders rächenswert. Als Max Schmeling 1936 Joe Louis schlug, hielten das viele entsprechend der damaligen Ideologie für den Sieg der weißen Rasse über die schwarze. Am 22. Juni 1938 schlug aber bedauerlicherweise die schwarze Rasse die weiße: Schmeling ging gegen Louis in der ersten Runde k. o. ... Den »Meisterboxer Max Schmeling«, wie diese deutsche Sagengestalt in meiner Kindheit hieß, haben alle seine Kämpfe, langen Reisen per Schiff und dann Flugzeug, aber auch die Irrtümer der Zeiten nicht angefochten und umgehauen, um in der Boxersprache zu bleiben. Er hat sich mit Joe Louis nicht nur im Ring mit Fäusten geschlagen, er hat den später verarmten und unglücklichen Joe vielmehr auch in sein menschlich schlagendes Herz geschlossen, in einem amikalen Clinch. So wurden aus Gegnern Freunde. Das ist denn nun ein happy end wie im Film, schade nur, daß es nicht auch in der politischen Realität so gespielt wird, is'nt it?

2. Die vierziger Jahre

Während rundum in Europa und darüber hinaus der grausamste Krieg geführt wurde und der Tod die größte Ernte hielt, saßen die tüchtigen Schweizer Mühlenbauingenieure in ihren Werkstätten und Laboratorien und überlegten sich, wie man das Mahlgut statt mit den üblichen Becheraufzügen und Holzröhren mit Metallröhren und pneumatisch, das heißt mit Schwebeluft transportieren könnte. Daran aber kann man sehen, was ein Segen und was ein Fluch für die Menschheit ist ... So ungefähr schrieb ich vor einigen Jahren in der Neuen Zürcher Zeitung in einem vorabgedruckten Kapitel eines Romans über Brot und Getreide, an dem ich saß. Kurze Zeit nach dessen Publikation bekam ich einen Brief vom Seniorchef der Firma Egli in

Pfäffikon bei Zürich, jenem Müller, in dessen Betrieb Anfang der vierziger Jahre die Transportrevolution stattgefunden hat. Herr Egli stellte richtig, daß es nicht »die tüchtigen Schweizer Mühlenbauingenieure«, sondern daß er es selbst und persönlich gewesen sei, der sich dies alles ausgedacht und entwickelt habe. Und es habe sich so verhalten, daß er überhaupt nur schwer eine Mühlenbaufirma gefunden habe, die diese Pneumatik zu bauen willens und imstande gewesen sei. Viele hielten seine Ideen wenn nicht für Unfug, so doch für wirtschaftlichen Selbstmord. Herr Egli lud mich ein, bei ihm in Pfäffikon den ersten Förderautomaten der Welt zu besichtigen. Dies ist die Geschichte eines technischen Fortschrittes und der Entwicklung eines intelligenten Produktes inmitten des Krieges. Der Krieg aber ist kein intelligentes Produkt. Produkt kommt von lateinisch *producere*, hervorbringen, vorführen. Der Krieg ist ein unintelligentes Destrukt.

Früher wurden die Mühlenbauer übrigens »Mühlenärzte« genannt, die Mühlenbaukunde die »Mühlenarztkunst«. Unter allen aber, die sich mit dem Holz befaßten, angefangen von den Zimmerleuten über die Tischler (deutsch »Schreiner«) bis hin zu den Modellbauern und Kunsttischlern, genossen die Mühlenbauer das denkbar größte Ansehen. Ich habe noch erlebt und mit eigenen Augen gesehen, wie die Mühlenbauer in der kleinen und engen Mühle meines Vaters kurz nach dem Krieg die unglaublichsten Rohre tischlerten und durch das schon vorhandene Dickicht und Gewirr von Maschinen, Transmissionen, Holzböden und Bühnen hindurchführten. Jedes dieser Rohre oder Gehäuse, vor allem aber die in den unregelmäßigsten Winkeln anschließenden Röhren war ein Meisterstück. Freilich habe ich die Mühlenbauer manchmal nicht nur seufzen, sondern auch gottserbärmlich schelten und fluchen gehört. Hatte sich irgendwo etwas quergelegt, so war es für uns Kinder besser, wir kamen ihnen nicht zu nahe.

Von den Mühlenärzten aber nun zu den wirklichen Ärzten. 1945, zwei Jahre nach Eglis mühlentechnischer Großtat, für die ich ihn hier auf einen imaginären Thron setzen wollte, bekam der englische Bakteriologe Alexander Fleming den Nobelpreis für Medizin für die Entdeckung des wichtigsten Antibiotikums, des aus dem Pinselschimmel gewonnenen Penicillins. Antibiotikum – der Name klingt lebensfeindlich, drückt er doch eigentlich eine Opposition zum *Bios*, das heißt Leben, aus, und wirklich handelt es sich im Grunde um etwas Zerstörerisches. Im Lexikon steht: Von Lebewesen gebildete Stoffe, die andere Lebewesen in ihrer Entwicklung zu hindern oder sie zu zerstören vermögen. Die medizinische Methode der Anwendung von Antibiotika läßt sich ungefähr mit der Wendung umschreiben: Den Teufel durch Beelzebub austreiben. Schädlinge werden durch andere Schädlinge neutralisiert oder vertilgt. Es ist also nur eine Frage des Standpunktes und der Koordinaten, der Mensch definiert alles notwendigerweise von seinem Standpunkt und seiner Warte aus. Er hat aber wohl als einziges Lebewesen die Fähigkeit und Begabung, sich in gewisser Weise in andere Lebewesen hineinzudenken und sogar ihre Partei zu ergreifen. Er allein kann ökologisch denken und handeln. Die Tiere leben ja nur nach dem Instinkt, der Mensch handelt hingegen oft instinktlos. Die Moral ist eine hohe ideale Norm. Antibiotika führen sozusagen im Auftrag des Menschen unter den niedrig organisierten Organismen einen heiligen oder gerechten Krieg. 1951 bekam einer den Friedensnobelpreis, der aufgrund seiner »Ehrfurcht vor dem Leben« auch zur übertriebenen Anwendung von Antibiotika ein skeptisches und kritisches Verhältnis hatte: Albert Schweitzer, der evangelische Theologe, Musiker und Arzt in Lambarene. Er, der es so gut mit den Menschen meinte, hat im Laufe seines Lebens mehr und mehr erkannt, daß auch die vom Menschen sonst für »niedrig« gehaltenen und gering geachteten Lebewesen in eine neue kreatürliche Solidarität hineingenommen werden müssen. Er war nicht nur ein Feind des Krieges unter den Völkern, wozu er als Elsässer und mit der deutschen wie der französischen Kultur gleicherweise vertraut, gewissermaßen prädestiniert war, er wollte einen weitergehenden Frieden mit aller Kreatur machen. Die großen Ideen sind immer utopisch und phantastisch, den Gewöhnlichen kommt wie den von Egli anfangs konsultierten Traditionalisten des Mühlenbaus manches verrückt vor, was in Wahrheit prophetisch und weise ist.

3. Die fünfziger Jahre

Die Jahre nach dem Krieg waren gekennzeichnet durch einen beispiellosen Aufbruch und Siegeszug der Kunststoffe und ihrer Industrie. Unser Zeitalter wird von Kulturkritikern gern auch als Plastikzeitalter denunziert. Doch hat bekanntlich jedes Ding wie eine Kunststoffolie zwei Seiten, meist eine matte und eine glänzende. Es gibt nicht nur Kulturpessimisten. Wie denkt etwa ein Bierführer oder Lagerarbeiter eines Bierverlages oder einer Brauerei über die neuen Bierkisten? (Handelt es sich um einen deutschen Bierfahrer, dann müssen wir übrigens nach dem Bier*kasten* fragen, so wie wir uns des Wortes *Schrank* bedienen müssen, wenn wir dortzulande von einem österreichischen *Kasten* sprechen.) Oder was sagt ein Zureicher oder Maurer am Bau zu den leichten Plastikeimern und Kunststoffkübeln für Mörtel (Speis), die die schweren hölzernen und metallenen abgelöst haben? Besuchte früher die Brauerei einen Wirt, so war dies vor allem ein Transport von Glas und Holz, von Kisten, Flaschen und Fässern. Bier war fast die Nebensache. Und auch auf dem Rückweg brachte das Leergut Gewicht auf den Wagen! In unserem Rechenunterricht spielten die Schlußrechnungen mit Brutto- und Nettogewichten eine große Rolle. Ich fragte vor kurzem meinen Neffen nach der »Tara«. Er kannte das Wort nicht. Ich erklärte es ihm anhand meines Speditionsbeispiels und setzte Zahlen ein. Da lachte er: Ach, das meinst du! Und er zog einen Taschenrechner mit Kunststoffgehäuse aus einem Plastiketui, drückte meine Zahlen ein und sagte mir das Ergebnis.

Irgendwie bestätigt der Plastikboom im Verpackungs- und Transportwesen den berühmten Grundsatz des McLuhan: »The medium is the message, das Medium ist die Botschaft!« Das Leergut ist heute vom Material und der Oberflächenbeschaffenheit her so prächtig, ansehnlich und attraktiv geworden, daß vom Inhalt, auf den es eigentlich ankommt, abgelenkt wird. Die Parfumfläschchen etwa sind derart raffiniert in Form und Design, so fein und edel, daß sie sich als bloßer Behälter und Vehikel fast zu schade sind und auch nur mehr ganz wenig Inhalt aufnehmen. Was sie freilich letztlich wert sind, zeigt sich daran, daß für sie kein Einsatz (Pfand) genommen wird.

Künstlich wie die Produkte ist auch die Sprache, mit der diese Erzeugnisse bezeichnet und beschrieben werden. Es handelt sich dabei um sogenannte Neologismen, auf Deutsch Neu- oder Kunstwörter, wie man sie ähnlich aus der Fachsprache der Chemiker und Pharmazeuten kennt, die ihrerseits das meiste dem Griechischen verdankt.

Unter dem Stichwort »Nylon« findet sich im Lexikon die Legende: »Handelsname für Chemiefasern und Kunststofferzeugnisse aus Polyamiden, die durch Kondensation von Adipinsäure mit 1,6-Hexamethylendiamin hergestellt werden.« Die Frau, die sich einen Nylonstrumpf über das Bein zieht, braucht das alles nicht zu wissen. Wie sich auch der Kunde, der in eines der Warenhäuser geht, die seit den fünfziger Jahren aus dem Boden schossen und die kleinen Greißler und Krämer verdrängten, seine sieben oder mehr Sachen in eine Plastiktasche stopft, keine Gedanken macht über die Möglichkeiten ihrer Herstellung durch Polykondensation, Polymerisation oder Polyaddition ... Das »Künstliche« ist im übrigen älter als unser Plaste. So rührt bekanntlich der heute bereits ein wenig veraltet wirkende Name der »Kunstmühle« daher, daß in einigen seinerzeit die Müllerei revolutionierenden Betrieben statt der bis dahin verwendeten vor allem chinesischen Naturseide eine neuartige Kunstseide oder Gaze, meist aus der Schweiz kommend, benützt wurde. Heute sind alle Mühlen Kunstmühlen oder sie sind keine Mühlen mehr.

Der Plastiktrend, der in den fünfziger Jahren in unseren Breiten einsetzte und sich bis heute fortgesetzt und verstärkt hat, hat zugleich den alten Ruf Rousseaus: Zurück zur Natur! wieder laut werden lassen. So ist auch das Paradox eingetreten, daß der künstliche Stoff unsere Sensibilität für den natürlichen stark geschärft hat. Darum profitieren indirekt vom Plastik heute die Tischler, die es persönlich machen, und die Kunstschmiede und viele andere alte Handwerker. Auf den landauf, landab veranstalteten Flohmärkten aber kann gar nichts so unansehnlich sein, daß es nicht liebevolle Betrachter und einen Käufer fände, solange es nur eine und die wichtigste Eigenschaft besitzt: Alter! Junge Leute aber haben aus ihrer Aversion gegen die Konsumeritis eine Gegenideologie gemacht und tragen Säcke, die den alten Brotbeuteln ähnlich schauen, auf denen der programmatische Slogan steht: Jute statt Plastik!

Überall dort, wo sich etwas Besonderes ereignet, wo es ernst und feierlich zugeht, wird nach wie vor Natur, Echtheit und Gediegenheit erwartet. Unausdenkbar zum Beispiel, daß die Außenminister der Signatarstaaten am 15. Mai 1955 im Schloß Belvedere in Wien den österreichischen Staatsvertrag in Nylonwäsche, Kunstfaseranzügen, Kunstlederschuhen, auf einem plastikbeschichteten Resopaltisch mit japanischen Filzstiften auf Pergamentersatz unterschrieben hätten, sitzend auf geschäumten Schalenstühlen aus PVC-ähnlichem Material.

4. Die sechziger Jahre

Seltsame und unerhörte Töne erreichten uns Anfang der sechziger Jahre aus England: Yeah, yeah, yeah ... Und die bürgerlich zivilisierte Welt befremdende Bilder: Vier Jugendliche männlichen Geschlechtes in einer Band mit langen Haaren wie Mädchen, shocking! Sie nannten sich »Beatles«. Wer Englisch konnte, konnte sich – omen est nomen – ein Bild machen. Die Beatles waren so etwas wie kleinere und jüngere »Beatniks«. Die Beatniks aber definiert das Wörterbuch als »illusionslose Außenseiter der Gesellschaft«. Auch gab es den Ausdruck »Beat-Generation«. »Beat« aber bedeutet »Schlag«, »Rhythmus«, auch »geschlagen«. Zunächst schien alles an dieser Gruppe Protest gegen das Herkommen, phänomenologisch, das heißt vom Aussehen und Auftreten her, und musikalisch, was den Sound angeht.

Für die Frisur, die alsbald unter Jugendlichen Mode machte, fand sich die umschreibende Bezeichnung »Pilz« oder »Pilzkopf«. Es begann das Leiden vieler Eltern, die plötzlich bemerkten, daß ihre halbwüchsigen Söhne den Friseur, vor allem den Coiffeur, den Haarschneider und Haarkünstler, vermieden und umgingen, ein Leiden, das bis in unsere Gegenwart andauert. Es entwickelte sich eine ganze Strategie des Argumentierens für und gegen diesen neuen Haarschnitt (Antischnitt ...). Die Jugendlichen beriefen sich neben den Beatles auch auf ältere historische Vorbilder, gegen die wohl auch von seiten der Erwachsenen nichts einzuwenden war. Das reichte bis zu Albrecht Dürer, ja zu den Aposteln und Christus selbst! In den Familien wurde um jeden Zentimeter Haar hart gerungen. Natürlich war diese Art, das Haar zu tragen, ein unübersehbarer Affront gegen die Erwachsenen und ihre Welt mit ihren Werthaltungen und Wertvorstellungen. Wie kann sich ein Sohn von seinem womöglich kahlen Vater optisch mehr absetzen und weiter distanzieren als durch eine Haartracht, die auf die stolze Haarpracht setzt? So entwickelte sich bald auch ein Lebensgefühl des Andersseins und der Aversion, das in dem abfälligen Schlagwort vom »Establishment« sein Beat-Wort, das heißt Schlagwort, fand und in dem unfreundlichen Slogan gipfelte: Trau keinem über Dreißig! Die sechziger Jahre waren ja auch das Jahrzehnt der Studentenunruhen, die es aber nur bis zur Revolte, einer Diminutivform der Revolution, brachten. Die Geschäftswelt des Establishments ortete unverzüglich eine große Marktlücke und vermarktete den Protest, das reichte von der Kleidung bis hin zur Musik. Überall taten sich Jugendliche zu Bands zusammen, und die Musikalienhändler, die Instrumentenbauer, die Hersteller von Verstärker- und Lautsprecheranlagen aller Art hatten Hochkonjunktur. Inzwischen stehen wieder einige dieser Höllenmaschinen still und am Dachboden, und manches hat sich wohl nicht amortisiert … Die Gruppen gaben sich damals die verrücktesten und abenteuerlichsten, meist englischen Namen, was zu den Herkunftsorten dieser Bands in unserer Gegend oft seltsam kontrastierte: Es spielen die Hot dogs aus Gaspoltshofen. Unter den deutschen Ausdrücken dominierten solche des Understatements, ja der Selbstverachtung. Freiwillig nannten sich diese Gruppen »Misthaufen« oder ähnlich. Einige dieser Bands, einige wenige aus dem angelsächsischen Raum, wie etwa die Bee Gees, »kamen durch« und brachten es zu Ruhm und Geld. Für viele gab's aber nur Spesen.

Bald waren die Beatles, der Melodiegitarrist George Harrison, der später ermordete Rhythmusgitarrist John Lennon, der Baßgitarrist Paul McCartney und der Mann am Schlagzeug, Ringo Starr, selbst in die Jahre gekommen und über Dreißig. »Establishment« und »etabliert« sind aber wohl Hilfsausdrücke für den gesellschaftlichen Status dieser Vielfachmillionäre. Sie saßen längst nicht mehr im Trockenen, sondern im Vollen, ja in der Überfülle und im Überfluß. Sie, die als Outcasts und Freaks begonnen hatten, waren vielmehr »full in«. Sie kämmten sich, zogen feine Kleider an und wurden im Buckingham Palast von der Königin empfangen, wo sie sich, wie es sich gehört, nobel, artig und ordentlich aufführten. Sie benahmen sich wie Lords, womit ich die englische Aristokratie und die Mitglieder des Oberhauses meine, nicht die Musiker einer anderen, unter dem Namen »The Lords« bekannt gewordenen Gruppe. Die Beatles aber sahen keine lohnenden Ziele mehr. John Lennon sagte, sie seien nun berühmter als Mozart und Beethoven zusammen und hätten den Bekanntheitsgrad der großen Religionsgründer bereits überschritten. So gingen sie auseinander. Sie hatten die Welt tatsächlich verändert. Musikologen bestätigen einem, daß die Musik der Beatles ein hohes musikalisches Niveau gehabt habe und daß alle nachfolgenden Richtungen der Popmusik, bis hin zu dem die siebziger Jahre quadrophon erfüllenden Discosound, ohne die Beatles gar nicht denkbar seien. Schule gemacht hat aber nicht nur ihre Musik, sondern auch die von ihnen kreierte Mode, ihr Mut zum Unorthodoxen und Außergewöhnlichen. Erscheinen sie vor dem Hintergrund der Hippies oder gar der Punks, die sich mit abgeschmacktem Tand und Plunder behängen, heute auch wie biedere Wohlstandsbürger, so haben sie doch die Entwicklung angestoßen und vieles in Bewegung gesetzt und initiiert, wenn man schon das große und schwere Wort »Revolution« vermeiden will.

5. Die siebziger Jahre

Der See, *der* Nasser-See nämlich, ist für den 60 km langen und 20 km breiten Assuan-Stausee in Ägypten, der zu Beginn der siebziger Jahre eröffnet wurde, ein fast zu niedlicher Ausdruck, es müßte *die* See oder das Meer heißen. Rund 3,5 km ist der mit russischer Hilfe errichtete Staudamm lang und 110 Meter hoch. Rund 90 Millionen m^3 Wasser stellt er im Jahresmittel für die Bewässerung zur Verfügung. Es ist wirklich kein Wunder, daß bei der Eröffnung dieses modernen Weltwunders die ruhmreiche alte ägyptische Geschichte beschworen und auf die großen Bauten der Antike, die Cheopspyramide und die Sphinx bei Giseh, angespielt wurde. Leider aber mußten ja gerade einige der Bauwerke des Altertums dem neuen Bauwerk geopfert werden. Andere wurden unter enormen Anstrengungen technischer und finanzieller Art und unter Mithilfe der UNESCO versetzt und so gerettet. Vieles aber, vieles vor allem, von dem wir bislang keine Kenntnis bekommen hatten, ist endgültig im Wasser versunken. Wer heute ober Assuan graben möchte, müßte zuvor einmal tief tauchen. Waren es diesmal russische Ingenieure, die den Ägyptern zur Seite standen, so war im Falle des fast genau hundert Jahre früher eröffneten Suezkanals (1869) ein österreichischer Techniker, der aus Südtirol gebürtige Generalinspekteur der österreichischen Eisenbahnen Alois Ritter von Moldelbe Negrelli, der entscheidende Ideenbringer und Planer, während die eigentliche Ausführung dem Vicomte de Lesseps oblag. Astronomisch sind die Zahlen für die Zeit und das Geld, das diese schleusenlose Großschifffahrtsstraße zwischen Port Said und dem Mittelmeer auf der einen und Suez und dem Roten Meer auf der anderen Seite den Menschen erspart hat, wenn sie auch heute für die neue Generation der Tankergiganten bereits wieder zu eng ist, sodaß sie wie vordem den Weg um das Kap der Guten Hoffnung nehmen und damit tausende Kilometer Umweg fahren müssen.

Alle großen Werke der Menschen stellen sich alsbald als besonders gefährdet heraus. So verbindet sich mit dem Namen Suez nicht nur die Assoziation mit dem Kanal, sondern auch mit Kriegen und Krisen, wie natürlich auch der Assuandamm in den Überlegungen der Militärs eine große Rolle spielt. Einige, wie Negrelli, Lesseps oder vielleicht Nasser, machen sich durch große Bauwerke und ihre Errichtung bekannt, andere sinnen auf ihre Zerstörung. So ist das achte Jahrzehnt unseres Jahrhunderts auch das Jahrzehnt des gewaltigsten Terrors. Gerade wie der Grieche Herostratos, der 356 vor Christus den Artemistempel in Ephesos in Brand steckte und so zum klassischen Vorbild aller Destruktoren wurde, schrecken auch heute viele Menschen in allen Weltteilen vor der Gewalt gegen Personen und Sachen nicht zurück. In meiner Kindheit gehörte das Wort »Geisel« etwa allenfalls zum passiven Wortschatz der Menschen, es war ein Wort, das vielleicht einige Belesene aus der Literatur kannten, nunmehr aber wurde es in unseren aktiven Wortschatz, mit dem wir nicht nur rezeptiv, sondern auch sprechend umgehen, gehoben. Kinder spielen heute Geiselnahme ...

Der Nil und Assuan. Habe ich den Nil auch nie von Angesicht gesehen, so ist er doch ein Strom, der mich sozusagen von Kindheit an begleitet. Der Nil fließt nicht nur durch Afrika, sondern auch durch das Bewußtsein der Menschheit. Ich sehe noch das rührende Bild aus der Biblischen Geschichte vor mir: Eine Magd, kniend vor der Tochter des Pharao, auf den Händen den aus dem im Hintergrund sichtbaren Nil geborgenen Mosesknaben in einem Körbchen tragend; umgeben ist die Szene von mannshohem Schilf. Das dazugehörige Kapitel endet mit dem Wort der Königstochter: »Er soll Moses heißen, denn ich habe ihn aus dem Wasser gezogen.« Die Pharaotochter gab ihm also einen ägyptischen und sprechenden Namen, der auf die besonderen Umstände seiner Rettung anspielt.

Am 16. April 1973 starb ein Patriarch und Prophet der modernen bildenden Kunst, der es, wie weiland Rembrandt van Rijn, ebenfalls verdient hätte, daß er nach einem großen Menschheits- und Schicksalsstrom zubenannt worden wäre: Pablo Ruiz, der sich mit dem Namen seiner Mutter Picasso nannte.

Buche

In einer Sendung über Bücher hat man im österreichischen Fernsehen den Autorennfahrer Nikolaus von Lauda zu Wort kommen lassen. In Ankündigungen dieses Auftritts konnte der Literaturfreund mit Erstaunen lesen, daß der Interviewte ein einziges Buch, von den Büchern über Motorsport und über sich abgesehen, zu Ende gelesen habe. Die Eignung eines so extrem »Indisponierten« und Inkompetenten für eine Literatursendung läßt sich schwer überbieten. Die Römer sagten in einem solchen Fall: Jemand eigne sich wie der »asinus ad lyram«, der Esel zum Harfen, heute sagt man: die Kuh zum Klavierspielen. Trotzdem hat die Berufung Laudas in die Büchersendung Methode. So hält man es hierzulande gern: Wenn Schauspieler malen, Opernsänger Fußball spielen, Fußballspieler singen und so weiter, dann ist das immer eine publikumswirksame Sache. Das mögen die Leute.

Noch ein anderes Interview Laudas habe ich von der Zeitungslektüre her im Gedächtnis. Dort sagte er, Latein und Religion seien seine schlechtesten Fächer am Gymnasium gewesen. Man kann sich vorstellen, wie der kleine Lauda lustlos konjugieren lernte: laudo, laudas, laudat, laudamus, laudatis, laudant. Schon damals sei er mehr an schnellen Mopeds interessiert gewesen. Das altrömische Sprichwort *Festina lente*, »eile mit Weile«, hat er nicht verstanden. Wann aber, fragt sich der Beobachter der Szene, wird »Christ in der Zeit« endlich den Lauda senden. Fragen der Eschatologie, der »letzten Dinge«, hätte man gern einmal von einem beantwortet, von dem es heißt, daß er

»schon im Fegefeuer saß«. Oft habe er den Tod herausgefordert, einmal habe er ihm sogar schon »ins Auge geblickt«. Man denkt auch zurück an »Das Öl des Niki Lauda« von Peter Handke und die Enttäuschung des großen Rennfahrers über den großen Dichter, dem er »seine Welt gezeigt« und der doch blutwenig davon verstanden habe, wie sich der Weltmeister hinterher beschwerte. Also vice versa. Auch ein anderer Großer, ein Großer der Musikbranche nomine Udo Jürgens alias Jürgen Bockelmann, äußert sich neuerdings öfters als Moraltheologe, wozu er vor dem Hintergrund seiner Lebensführung geradezu prädestiniert erscheint. Gerade Fragen der Aszetik hätte man gern von diesem Professor beantwortet. Der Bockelmann als Gärtner … Andererseits hätte natürlich jeder Besitzer eines Führerscheins der Gruppe B auch Anspruch, einmal im »Sport am Montag« über das Rennfahren gehört zu werden. Und all jene, die bloß »eine Stimme zum Rindfleischessen« haben, müssen auch einmal singen und beim Song-Contest auftreten dürfen. Letzthin hat sich freilich gezeigt, daß im Ausland noch nicht das richtige Verständnis für den Reiz der völligen Branchenfremdheit vorhanden ist. Das bleibt vorerst noch Vision, Eurovision sozusagen.

Was die Büchersendung betrifft, so scheint sich einfach die Etymologie von *Buch* zu rächen. *Buch* ist nicht nur verwandt, sondern verschwistert mit *Buche*: Das Wort enthält noch einen Hinweis auf die Zeit, als man beschriftete Bretter zu einem Bündel verschnürte. Es ist also das Stoffliche und Sinnfällige, das den Gegenstand ursprünglich definiert, nicht der geistige Inhalt. Auch das lateinische *liber* enthält den Bast, der zum Verschnüren der Blätter diente. *An den buchen* haben die Alten gelesen. Nimmt man es in dieser Weise historisch, dann darf man mit einiger Berechtigung auch die Buchattrappen in den Möbelhäusern als Bücher bezeichnen. Und mit den Büchern umgehen kann natürlich auch der Analphabet, er kann sie abstauben und er kann sie ordnen, nach der Größe, wenn schon nicht nach dem Inhalt.

Familienplanung

Mein Großvater väterlicherseits hieß Sebastian. Er wurde 1848 geboren und erbte den Hof seiner Eltern, das Asingbauergut in Tumeltsham bei Ried im Innkreis. Sebastian Brandstetter zeugte mit seiner Frau, um es biblisch, mit den Worten der Genealogie des Matthäus, zu sagen, 9 Kinder. Sebastian autem genuit Martinum. Mein Vater Martin also war der jüngste unter seinen 9 Geschwistern und wurde 1896 geboren. Martin Brandstetter zeugte 7 Kinder. Ich, der jüngste unter meinen Geschwistern, bin 1938 geboren. Mein Großvater war Bauer, mein Vater war Bauer und Müller, ich bin Akademiker und rede und schreibe gern über die Bauern und meine bäuerlichen Vorfahren. Ich habe zwei Söhne. Mein Jüngster ist 1983 geboren.

Nehme ich nun meine eigenen Familienverhältnisse paradigmatisch und für Oberösterreich typisch, dann kann ich im Hinblick auf die Bevölkerungsentwicklung des Landes ob der Enns und unter dem Inn nur pessimistisch sein. Ich fürchte, wir liegen im Trend. Jeder aber kann sich ausdenken, wie die Geschichte weiter- und ausgeht, wenn sich die Reihe von den 9 Kindern meines Großvaters über die 7 Kinder meines Vaters und meine beiden Kinder fortsetzt ... An den Fingern *k*einer Hand kann man sich das ausrechnen, es läßt sich leicht hochrechnen oder vielmehr »tiefrechnen«.

Im Duden steht, man solle in einem Text die Zahlen eins bis drei ausschreiben, ab der 4 aber die arabischen Zahlzeichen, also die Ziffern verwenden. Wir haben den Bereich des Numerischen somit bereits verlassen und befinden uns buchstäblich bei den Elementar- und Fundamentalzahlen.

Wir sind bei den ethnischen »Primzahlen« gelandet und werden es bald mit den Radikalzahlen und dem Wurzelziehen zu tun bekommen. Die Demographen belehren uns, daß Oberösterreich das »Nullwachstum« unterschritten hat und einen Negativrekord hält. Die Mengenlehre kennt bekanntlich den Begriff der »leeren Menge«. Die Oberösterreicher sind eine Menge, die im Begriff ist, sich zu leeren, wird man von ihnen in naher oder ferner Zukunft einmal wie von den Goten oder den Kelten als einer »historischen Größe«, also einer »leeren Menge« der Vergangenheit sprechen? Die Bevölkerung schrumpft, sie schrumpft sich aber nicht gesund, sondern krank, das ist das Problematische. Und problematisch ist auch, daß den Betroffenen und »Betreffenden« das Problematische nicht problematisch erscheint. Und auch das ist für Nieder- und Untergangszeiten symptomatisch.

Als mein Großvater in Tumeltsham 1848 zur Welt kam, war Ried noch keine Stadt, sondern ein Markt, und er könnte die Stadterhebung 1857 als Neunjähriger durchaus miterlebt haben. Echt stelzhamerisch kann ich mir das ausmalen, der Vater hat den Wastl im Anschluß an die Feierlichkeit zum Brunhuber-Wirt mitgenommen, wo es hoch herging. Mein Urgroßvater trank eine Maß Riedkerdinger Bier, und der Bub bekam ein Kracherl und Würstl. Vielleicht war der Franz Stelzhamer aus Piesenham auch anhalben, persönlich nämlich und nicht als Denkmal wie heute, seit 1911, auf dem Platz vor dem Wirtshaus. Vielleicht hat der damals 57jährige Stelzhamer sogar etwas vorgetragen, und mein Großvater hat sich gedacht, das ist aber merkwürdig, was der alte Mann dort von seiner Muader dahererzählt.

Worüber aber werden die Bauern, die nach gutem Innviertlerbrauch alle im Wirtshaus den Hut aufbehielten,

1857 gesprochen haben? Ganz sicher haben sie über die Bauernbefreiung geredet, die 1848 stattgefunden hat und also genau so alt war wie der Asingbauer Wastl. Nicht alle aber werden den Hans Kudlich, den Bauernbefreier, gelobt haben, der als jüngstes Mitglied der Reichsversammlung am 26. Juli 1848 den Antrag ein- und durchgebracht hatte: »Die hohe Reichsversammlung möge erklären: Von nun an ist das Untertänigkeitsverhältnis samt allen daraus entspringenden Rechten und Pflichten aufgehoben.« Denn viele Bauern waren gerade durch die Befreiung in wirtschaftliche Schwierigkeiten geraten, da sie sich bekanntlich mit der Aufbringung eines Drittels des Schätzwertes ihrer Anwesen »freikaufen« mußten. Nichts ist umsonst. Und sicher haben die Bauern beim Brunhuber damals schon das Sprichwort geseufzt: Umsonst ist nur der Tod. Und der kostet das Leben, sagt ein anderer drauf.

Im 1. Band seines monumentalen Werkes »Oberösterreichischer Bauern- und Kleinhäuslerbund« aus dem Oberösterreichischen Landesverlag in Ried im Innkreis schreibt der unvergessene Felix Kern auf Seite 169: »Alle Mitglieder der Bauernfamilie waren nach der Bauernbefreiung freie Leute und niemand wurde mehr in Unfreiheit geboren. Das Kainsmal der Unfreiheit war ausgelöscht und somit war die Ursache zahlreicher Sorgen in der Bauernfamilie beseitigt. Nun aber stellten sich andere Sorgen ein. Das alte patriarchalische Familienleben auf dem Lande hörte auf. Die Achtung vor der Autorität, auf die sich bisher die Bauernfamilie stützte, schwand allmählich dahin und ein ebenbürtiger Ersatz dafür blieb aus. An die Stelle des alten Kinderreichtums trat die Kinderarmut, die sich 100 Jahre nach der Bauernbefreiung zu einer Katastrophe auszuwirken beginnt. Der alte, biedere bäuerliche Familiengeist war der Geist des Zusammenhaltens, der Einfachheit, der Genügsamkeit, des Gehorsams und der Unterordnung. Auch der Geist der religiösen Denkart entschwand, und dafür kam in viele Bauernfamilien ein neuer Geist, der aber keinen Fortschritt bedeutet, sondern ein Rückschritt ist.« Das trifft den Sachverhalt genau im Kern.

Mein Urgroßvater Stephan Brandstetter, der 1814 geboren ist und 1838 geheiratet hatte, hat sich bei seiner »Familienplanung« sicher nicht von der Politik oder der Ökonomie bestimmen oder von der fehlenden Kinderbeihilfe beirren lassen, sondern ist einzig und allein der Natur, dem Herkommen und der Religion gefolgt. Und genauso haben es auch meine Eltern gehalten, die alles – und vor allem die Kinder – »akzeptiert« haben, wie sie gekommen sind. Und darum verdankt sich mein Großvater nicht der Bauernbefreiung des Hans Kudlich, mein Vater nicht dem fünfzigjährigen Regierungsjubiläum Kaiser Franz Josephs und ich mich nicht dem Führer, der am 12. März 1938, um 16 Uhr, in Braunau und um 17.30 Uhr in Ried einfiel. Mein Vater hatte zeitlebens eine Aversion gegen Braunau, und man konnte ihn nicht mehr ärgern, als wenn man eine Einwohnerstatistik zitierte, nach der Braunau Ried bereits überflügelt hatte. Die zählen doch Ranshofen dazu!, sagte er mit Verachtung. Im übrigen war er Monarchist geblieben und lobte auch im tausendjährigen Reich die Frömmigkeit Kaiser Karls und der Habsburger. Gern erzählte der Vater uns Kindern auch die Geschichte des Grafen Rudolf von Habsburg, der auf einem Jagdausflug vor einem Wildwasser einem Priester, der sich auf dem Versehgang befand, das Pferd abtrat, oder die Geschichte von der Kaiserkrönung in Aachen, wo Rudolf von Habsburg anstelle des fehlenden Reichszepters das Kreuz auf dem Altar als Symbol des Friedens und des Rechts ergriff.

Es muß an der »Ausdauer« der Generationen liegen –

mein Ururgroßvater Josef ist 1731, also vor der Regierungszeit Maria Theresias!, geboren –, daß das Traditionsbewußtsein und die Kaisertreue in meinem Vaterhaus so ausgeprägt waren. Und auch das Vergangenheitslob und die Gegenwartsschelte! 1779 kam das Innviertel im Frieden von Teschen zu Österreich, und es gehörte zwischendurch, 1809–1814, noch einmal zu Bayern. Sowohl mein Urgroßvater als auch mein Ururgroßvater waren genaugenommen Bayern und Beuteösterreicher. Diese Art der Bevölkerungsvermehrung muß man für das heutige Oberösterreich leider auch ausschließen. So führt heute wohl kein Weg an der Familie und einer kinderfreundlicheren Gesinnung vorbei. Und es muß mit dem Leben ein Frieden geschlossen, der Tötung ungeborener Kinder aber der Krieg angesagt werden.

Am 16. Dezember 1938 bekam meine Mutter laut eingraviertem Datum vom neuen Bürgermeister von Pichl bei Wels im Wochenbett das Mutterkreuz in Silber. Sie hat es sich einhändigen lassen, es aber nie getragen, weil es zu ihr und ihrer Tracht, wie sie sagte, nicht recht gepaßt hätte.

Geisterfahrer

So viele Wörterbücher stehen in meiner Bibliothek, und in keinem einzigen steht der *Geisterfahrer*! Der (fehlende) *Geisterfahrer* führt mir drastisch vor Augen, daß mein gesamter Wörterbuchpark erneuerungsbedürftig ist. Auf meinen Regalen drängen sich alte Modelle, ja ausgesprochene Oldtimer (Erstausgaben). Manch altes Wörterbuch aber versteht die moderne Welt nicht mehr. Wortlos und sprachlos stehen viele Wörterbücher dem Zeitgeist gegenüber. Keines kann sich und mir das Phänomen der Geisterfahrer erklären. Dabei wimmelt es in den Zeitungen von Geisterfahrern. Gleich öfter fuhr in der letzten Woche ein solcher Nonkonformist auf der falschen Spur von Velden nach Klagenfurt, lese ich. Trunkenheit, Irrtum und Übermut sind die Gründe dafür, daß immer mehr Menschen gegen den Strom schwimmen wollen. Manche Experten sind der Meinung, daß die Tollkühnen, die also bewußt und vorsätzlich gegen die Einbahn rasen, die Betrunkenen und die Verwirrten längst überholt haben. Nicht wenige Geister- und Amokfahrer sind auch beides zugleich: Betrunken und übermütig. Jedenfalls muß man auf der Autobahn immer auch mit Gegenverkehr rechnen, vor allem nachts, denn gerade ein nicht mehr geringer Teil des sogenannten Diskothekenverkehrs spielt sich heute »contra« und nicht mehr »cum« ab.

Mich überrascht dieses *deviative*, also »abwegige« Verhalten der Verkehrsteilnehmer im Gegensatz zu meinen stummen Wörterbüchern eigentlich nicht. Warum soll sich die allgemeine Abneigung gegen das »Angepaßte« nicht auch auf der Straße äußern. Der moderne Mensch will alles

»hinterfragen«, ihm bedeuten Konventionen nichts mehr. Er ist mündig und kritikfähig geworden. Und er ist in der Masse ja nun wirklich oft genug in die Irre gegangen, hat sich verrannt. Nicht nur einmal war die Situation wegen des Herdentriebs verfahren. (Vom Zug der Lemminge hört man oft reden.) Und so werden die Geisterfahrer auch in der Politik, in der Wirtschaft, in der Kirche (Geister*pfarrer*) und in allen Lebensbereichen immer mehr. Arm an Abenteuern ist das Leben, und darum muß der Mensch erfinderisch werden, um das Grau aus seinem Alltag herauszuzwingen und Farbe hineinzubekommen. Deshalb setzt sich der Klagenfurter, bevor ihm langweilig werden könnte, in sein Auto und fährt abends grade eben noch einmal nach Villach, etwa zu einer Faschingsveranstaltung in der sogenannten »Narrenhochburg«, auf der linken Fahrbahn hinauf und auf der linken (von ihm aus gesehen) auch wieder herunter, »dem Anlaß entsprechend«. Dann kann er mit dem Bewußtsein ins Bett gehen, (sich) etwas geleistet zu haben!

Oder nehmen wir den Bereich der Kultur. Werden nicht auch im Regietheater heute die Klassiker absichtlich gegen den Strich gebürstet? Und so wie im ursprünglich aristokratischen Burgtheater mit der bürgerlichen Kultur proletarisch umgegangen wird, so ist auch in den Schulen heute eine neue Generation von Deutschlehrern am Werk, die es etwa mit der Rechtschreibung nicht mehr so genau nimmt und den Schülern eine Linkischheit auf dem Rechtschreibsektor nicht mehr krumm nimmt. Sie haben die Orthographie als ein Disziplinierungsinstrument der herrschenden bürgerlichen Klasse erkannt und deshalb angefangen, durch Verweigerung der »korrektiven« Funktion des Lehrers *gegenzusteuern.* Nicht die Aufsätze der Schüler gehören verbessert, sondern das repressive System, sagen sie. Und auch im zwischenmenschlichen Verkehr und im Umgang der Geschlechter soll nun das Geisterfahren, mit dem »Sexkoffer« im Kofferraum, zur Methode gemacht werden. Auch auf diesem Gebiet sollen Einbahnen umgedreht und die alte Verkehrsordnung aufgehoben werden. Natürlich wird es noch lange konservative Prüde geben, die immer noch sturheil geradeaus und rechts fahren wollen. Manchem paßt die ganze Richtung nicht. Geisterfahrer gegen den Zeitgeist. Aus den sechziger Jahren habe ich den Spontispruch in Erinnerung: »Alles ist schlechter geworden, nur eins ist besser geworden: Die Moral ist schlechter geworden.« Ein anderer Leitsatz der 68er Generation lautete: »Der Weg zur Quelle führt immer gegen den Strom.« Daran mußte ich neulich denken, als ich am Münchner Stachus einen jugendlichen Geisterläufer die hinaufführenden Rolltreppen hinunter und die hinunterführenden hinauf laufen sah, vice versa.

Kummernummer

Das Wort *Kummer* empfinden wir heute nicht mehr als jene Metapher, die es einmal war. Die Sprache ist reich an solchen »verblaßten Metaphern«. Metapher (lateinisch translatio) bedeutet »Übertragung«. *Übertragung* ist selbst eine Übertragung. Die Richtung der Metapher dient zu ihrer Einteilung. *Kummer* und *Verdruß* sind Übertragungen vom Dinglichen ins Nichtdingliche, vom Konkreten zum Abstrakten. Das mittelhochdeutsche *kumber* hat in erster Linie »Schutt, Belastung, Müll« bedeutet, erst in zweiter Hinsicht »Mühsal, Not, Gram«. »Wir tragen Kummer, tragen Leid …«, heißt es in einem Kirchenlied. Mit *tragen* und *Kummer* sind wir ganz im Bereich des Körperlichen im übertragenen Sinn. Die beiden Wörter sind aber unterschiedlich »verblaßt«. *Tragen* ist nach wie vor beidseitig verwendbar: Ich trage dir nichts (oder: die Tasche) nach. *Kummer* gibt es nur noch im Psychischen, nicht mehr im Physischen. Zwar bereitet uns der Müll Kummer, aber es geht nicht an, zu sagen: »Der Kübel ist voll Kummer.« Es heißt Mülltonne und nicht Kummertonne. Wenn heute jemand *Kummer abladen* sagt, so hat er damit weniger die vergessene oder verblaßte dingliche Bedeutung des Wortes reaktiviert, als vielmehr das Wort neuerdings übertragen, sozusagen »rückübertragen«, vielleicht auch in Parallelität zu *Kreuz*, das auch »vergeistigt« wurde, aber andererseits auch dinglich geblieben ist. Es ist ein Kreuz mit dem Kummer.

Ein trauriger Mensch ist auch im Fasching nicht leicht zu unterhalten. Und bekümmert nicht die Art, wie gerade der Fasching, die Fastnacht oder der Karneval begangen werden, auch manchen sehr? Keine Sache ist sensibler als die Causa humoris, denn ein Spaß darf den Menschen weder unter- noch überfordern. Beides nimmt der Mensch übel. (Von Allesfressern wollen wir nicht einmal in Klammern reden, wie ja vor allem der Alkohol die Geschmacksnerven irritiert.) Aber mich unterhalt's.

Unterhaltend finde ich persönlich die Etymologie. Und *Humor* ist diesbezüglich geradezu ein Alleinunterhalter. Auch der blutige Laie weiß ja inzwischen, daß *humor* im Lateinischen »Feuchtigkeit, Saft« bedeutet, sodaß ein »saftiger Humor« eine Tautologie und ein »trockener Humor« ein Widerspruch in sich ist. Die Festlegung des Humorigen auf das Heitere und Verspielte ist indessen eine »Vereinseitigung«, denn ursprünglich hat sich *humor* entsprechend der alten Humorallehre auf die emotionale Ganzheit des Menschen bezogen. Also auch Choleriker, Melancholiker und Phlegmatiker hatten »Humor«. Jeder schmorte in seinem eigenen Saft. *Humor* ist im übrigen eine sekundäre Form, das Wörterbuch bringt den entsprechenden Artikel, den Scherzartikel, sit venia verbo, unter *Umor*. So heißt es richtig. Wo bleibt der Umor, der König von Umor! Der Tumor ist kein Umor, damit treibt man keinen Scherz.

Manche Büttenrede ist ein Trauerspiel und kommt einem wie eine Kummernummer vor. Ad propositum Büttenrede: Vor etlichen Jahren rief mich ein Herr aus Spittal an der Drau an und bat mich, ihm für eine Faschingsveranstaltung eine Büttenrede zu verfassen. Er hatte meinen Roman »Zu Lasten der Briefträger« gelesen und meinte nach dieser Lektüre, ich müßte ihm einen sogenannten umwerfenden Text schreiben können. Mich aber machte diese Zumutung bekümmert und verdrießlich, im direkten, nicht übertragenen Sinn. Ich nämlich hatte mich mit meinem Buch in der weltliterarischen Tradition von Cervantes und Grimmelshausen, von Ludwig Börne, dessen Werk ich ein Motto entnommen, und Heinrich Heine gesehen. Und jetzt rief mich jemand aus Spittal an der Drau an. Nicht einmal aus Villach.

Musik

Wie andere Ministranten und Bauernsöhne auch wollte ich erstens das Orgelspielen lernen und zweitens Papst werden. Kinder sind nicht eben bescheiden in ihren Berufswünschen, sie drängen nach vorne und oben. Ihnen schwebt der Pilot vor, sie haben einen Zug zum Lokomotivführer. Von den Eltern und Erziehern aber werden sie aus ihren Träumen und den Führerhäusern herausgerissen, von den Kirchen- und Pilotenkanzeln heruntergeholt, ihrer Kapitänsuniformen entkleidet. Den Oberhäuptern wird der Kopf zurechtgerückt. Und bald merken auch die Kleinen, daß dies alles nicht – oder nur im Fasching – gespielt wird, vorgespielt und vorgegaukelt …

Vor den Preis haben die Götter den Schweiß gesetzt, heißt es. Per aspera ad astra, lernten wir im Lateinunterricht des Kollegium Petrinum in Urfahr. »Durch das Harte zu den Sternen.« Das hieß: Man nähert sich der Orgel über das Klavier, so wie man sich dem Bischofs- und Papstamt vom Priestertum her nähert, vom Novizen zum Virtuosen. Vor der Traktur die Klaviatur. Mein Drang zur »Königin der Instrumente« war indessen so stark, daß ich selbst diesen Umweg gehen und die Tortur der Exerzitien an diesem für mich unattraktiven Instrument auf mich nehmen wollte. War es mir aber auch ernst, so erwies sich die Wirklichkeit, die unendliche Einsamkeit der Übungsstunden, mehr als der eigentliche Unterricht als zu traurig und zu frustrierend. Da saß man also eine geschlagene Stunde lang mutterseelenallein in einem schmalen, hohen und abstellkammerähnlichen Raum und sollte sich eigenverantwortlich beschäftigen und selbständig hantieren. Einmal sah ein vorbeikommender Präfekt vom Gang zu mir herein, weil er sich offensichtlich über meine enharmonischen Verwechslungen wunderte. Ich erfüllte nämlich nicht die Aufgaben der Klavierschule, sondern eigene selbstgestellte, die sich an unmusikalischen Gesichtspunkten, etwa der Tastenfarbe, oder – auf meinen Körper hin bezogen – solchen der Isometrie und Gymnastik orientierten. Die Klaviere des Petrinums erschienen Ende der vierziger Jahre außerdem ganz wie ein Teil jenes sonst in den Übungszimmern angesammelten und aufgehäuften Gerümpels. Im Winter waren die Klavierzimmer zudem nicht gerade wohl temperiert. Die Flügel waren vom Krieg und der Besatzungszeit gezeichnet, einige waren mehr als invalid, schon moribund. Kurz vorher hatten nämlich noch die Russen auf diese Instrumente eingeschlagen, und die Instrumente litten jetzt noch unter den wilden Chorowodys und Tschastuschkis. Die Pedale hatten sie nicht nur mit Füßen, sondern auch mit Stiefeln getreten. Man hatte die Klaviere nach dem Zusammenbruch zwar notdürftig geflickt und »wiederaufgebaut«, zu einer Generalsanierung aber fehlte damals das Geld. Die Menschen hatten andere Sorgen. (Immer dann aber, wenn die Menschen Sorgen und andere Sorgen haben, wächst andererseits auch die Sehnsucht nach der Kunst, besonders der Musik und insbesondere der »musica sacra« ...) Die vergewaltigten Klaviere des Mühlviertels waren immer noch über die Russen verstimmt. Während aber die Russen im Petrinum hausten, spielten die Amerikaner im Kaisersaal des Stiftes St. Florian Tennis, wie man an den in den Boden eingeritzten Grundlinien heute noch sehen kann. Die Völker sind zu manchem fähig, im Guten und im weniger Guten – und im Bösen auch. Dafür kann auch das kleine Völkchen der Landler, der Oberösterreicher als Beispiel dienen. Fischlham liegt neben Lambach, Ansfelden unweit Mauthausen, und das Land hat nicht nur Anton Bruckner hervorgebracht! Es fehlen nicht die dunklen Töne und auch die gräßlichen Mißtöne in der Symphonie des Landes der Vierkanter. Wir Zöglinge wußten natürlich nicht, warum die Zeit den Klavieren so übel mitgespielt hatte.

So blieb die Musik in meinem Leben bloß ein Intermezzo, das Klavier ein Gastspiel. Ich kam nicht auf die Orgel, das Klavier bewahrte sie vor mir. Noch heute aber erinnere ich mich an das Loblied auf die Orgel, das mir der Organist unserer Heimatpfarre gesungen hatte. Er sprach wirklich in den höchsten Tönen von ihr, pleno organo. Die Orgel sei nicht bloß ein Instrument, sondern ein ganzes Orchester. Er zog alle Register, wenn er von seinem Liebling schwärmte, in dem Musik stecke. Non solum instrumentum, sed instrumentarium, sagte er. Solche Wortspiele also konnte damals ein alter Lehrer im Gespräch mit einem Schüler verwenden. Die Orgel, hieß es, ist ein Instrument der Stärke, der Kraft und der Herrlichkeit gewissermaßen, sie kann heftig und laut sein und nicht nur Kirchenfenster zum Zittern bringen und das Fürchten lehren. Ist sie aber leise und zärtlich, so nicht aus Schwäche und Tonlosigkeit, sondern vor dem Hintergrund ihrer Potenz und Vitalität. Zu seiner eigentlichen Form läuft das Aerophon in meinen Augen denn auch erst im Hymnus und Lobpreis des Heiligen auf, wenn es etwa im TE DEUM den Herrgott hochleben läßt, wenn es im Jubel des TANTUM ERGO SACRAMENTUM den Dank der Kreatur für Jesus, den Christus, ausdrückt, sozusagen herauspreßt. Die Orgel rühmt des Ewigen Ehre, ihr Schall pflanzt seinen Namen fort. PANGE LINGUA GLORIOSI CORPORIS MYSTERIUM. Preise Orgel das Geheimnis dieses Leibs voll Herrlichkeit.

Mythos des Organisten! Er wurde auch dadurch nicht

geschmälert, daß der Organist damals noch einen Mann brauchte, der ihm die Orgel »aufzog« oder »trat«, einen Hilfsarbeiter also, der die Orgel »inspirierte«, so wie auch die Esse in der Schmiede angeblasen und »angefeuert« wurde. Der Organist erobert seine Hörer im Sturm. Oft habe ich den Mechanismus des Magazinbalgs bestaunt, der Luft in Reserve hielt, sodaß der »Kalkant«, wie der Herr der Winde mit einem Fremdwort genannt wurde, zusehen und zuhören konnte, was der »Spielmann Gottes« vollbrachte, bis sich das Stäbchen der Luftanzeige dem rot markierten, kritischen Punkt näherte. Peter Rosegger schreibt in seiner Weihnachtsgeschichte »Als ich Christtagsfreude holen ging«, daß er vor dem Einkauf beim Krämer in der Langenwanger Kirche die Orgel molk. Die Orgel *melken*! So spricht ein Bauernbub – und ein Dichter. Die Musik aber ist die Milch, die dem Instrument entströmt. Sie nährt uns, versorgt uns mit allen lebenswichtigen Nährstoffen und Vitaminen. Orgelmusik kann wie ein opulentes Mahl sein, kennt aber auch den Reiz des Frugalen und den Tiefenrausch des Fastens, der Enthaltsamkeit und der Askese. Wie mit der Luft muß der Organist aber auch mit den Genuß- und Lebensmitteln der Seele, dem Vorrat an Gefühl und Gemüt, dem Wein der Freude und dem Essig der Trauer aus dem Keller des Unterbewußtseins haushälterisch umgehen. Von mir aus gesprochen gleicht der Organist auch dem Apotheker vor seinen vielen Fächern und Laden. Statt Natrium, Calcium und Magnesium und den Tinkturen aber heißen die Heil- und Hilfsmittel des Organisten Zimbel, Sesquialtera, Kornett, Scharf, Mixtur.

Die Orgel ist vor allem ein Kircheninstrument. Sie begleitet den Chor oder den Gemeindegesang, sie hält den Ton, wenn etwa die Frauen zu hoch und die Männer zu tief singen. Die Orgel reguliert aber nicht nur die Melodie, das Auf und Ab, sondern auch das Tempo und die Tempi. Manche sind gern ein wenig voraus, andere hinken nach, die Orgel aber taktiert und diszipliniert die Taktlosen. Erst wenn dieser demütige und ein wenig demütigende Gemeindedienst absolviert ist, kann der Organist in Postludien und freier Improvisation zeigen, wozu er eigentlich imstande ist. Nachdem sich aber auch Bach für den Kirchendienst des Akkompagnierens nicht zu schade war, fällt wohl auch sonst keinem Organisten eine Pfeife aus dem Prospekt, wenn er ihn auf sich nimmt. Erst zum Auszug der Geistlichkeit und zum allgemeinen Exodus des Volkes trumpft die Orgel gehörig auf, als hätte sie sich nun endlich ihrer Pflicht entledigt und könne zur Kür übergehen. Nach der »Provisation« die Improvisation, nach dem Vorhersehbaren und Vorgesehenen das Unvorhergesehene und Unverhoffte, wenn auch nach den Regeln des Organums Organisierte.

Für Prozessionen stand eine kleine Tragorgel bereit, ein Ambulatorium gewissermaßen für den Umgang, und man könnte das Hinaustragen dieses Portabiles aus der Kirche als den ersten Schritt zur Säkularisation der Orgel ansehen. So wurde die Orgel weltlich, bevor sie in der sogenannten Heimorgel überhaupt zu einem Allerweltsinstrument geworden ist. Zuletzt hat sich die Orgel auch im Konzertsaal und in Rundfunkgebäuden, den großen Sendesälen, festgesetzt, wie ja der Rundfunk selbst oft als »die größte Orgel des Landes« bezeichnet wird.

Die Patronin der Orgel und der Sänger ist die heilige Cäcilia. Ihre Hagiographie ist voller Widersprüche, ja fast eine einzige Legende. So war sie denn bei der vom 2. Vatikanischen Konzil unternommenen Durchforstung des Heiligenkalenders in äußerster Gefahr. »Wegen der frommen Verehrung des Volkes« entging sie der Streichung. »Gegen Ende des Mittelalters avancierte unsere Heilige zur mächtigen Gruppe der ›Nothelfer‹ und wurde durch einen unschuldigen Übersetzungsfehler, wonach sie bei ihrer Hochzeit selbst die Orgel spielte, zur respektierten Patronin der Kirchenmusik«, schreibt Peter Manns. An anderer Stelle lese ich: »Vielleicht ist keine Schutzpatronin der Welt zu ihrem Amt unschuldiger gekommen als Cäcilia. Sie kam dazu, weil sie«, bei ihrer Hochzeit mit dem Heiden Valerian, »auf die Musik nicht achtete, ihre Gedanken davon abwandte, mit etwas Höherem beschäftigt, sich von ihren Reizen nicht verführen ließ.« So hatte auch Raffael sie bekanntlich gemalt: »Indem die Heilige die Orgel senkt, zu den übrigen am Boden liegenden, verworfenen Instrumenten fallen läßt, anerkennt sie die Ohnmacht aller sinnlichen Wahrnehmung wahrnehmbarer Musik vor jener absoluten Musik, die keines Menschen Ohr je vernommen, die im Musizieren nur Engeln, im Hören nur Heiligen zugänglich ist«, schreibt Willibald Gurlitt. »Für den Geschmack des modernen Lesers mag die Legende bei der Schilderung Cäcilias zu sehr deren Jungfräulichkeit [...] betont haben.« (Peter Manns) Es ist also der »heilige Egoismus« und die »Versessenheit« auf intakte Integrität und Virginität, die uns ein wenig verständnislos zurücklassen. Wir haben nicht mehr das absolute Gehör und den unbedingten Gehorsam der Heiligen. Unsere Situation ist in einem alten Sprichwort pointiert auf den Punkt gebracht: Wir spielen die Orgel vor der Messe. Die Orgel vor der Messe spielen. Matrimonium consumptum ... Und viele spielen heute die Orgel nicht vor, sondern ohne die Messe. Organum consumptum. Punctum, contrapunctum.

Regen

Stark, heftig, wolkenbruchartig, dünn, fein, lau, anhaltend und tropisch kann der Regen zum Beispiel laut dem »Deutschen Wörterbuch« des Bibliographischen Instituts sein. Im Vorwort zum 1. Band heißt es: »Das Wörterbuch ist zugleich ein Spiegelbild unserer Zeit und ihrer gesellschaftlichen Verhältnisse.« Das Vorwort ist mit 1979 datiert. Damit sind wir gerade in jener Zeit, in der der Regen begann, *sauer* zu werden. Oder es wurde den Menschen damals schmerzlich bewußt, daß der Regen sauer geworden war. In Wahrheit war er ja bereits »stocksauer«. Ins Wörterbuch also fand damals der sogenannte *saure* Regen oder noch gefährlicher: *Säureregen* – nicht Eingang. Es kann dies nur an der Zeit liegen, denn sachlich käme ein solches Attribut jedem Lexikographen gelegen. Die Wörterbuchmacher haben nämlich einen deutlichen Hang zum Unheilvollen, wie auf der anderen Seite zum extrem Positiven. So erscheint bei den sprichwörtlichen Redensarten der *warme* Regen im Sinne des Geldregens, der über einen Menschen niedergeht. Man könnte durchaus von »Extremismus« sprechen: Das Außerordentliche, Spektakuläre und Katastrophale hat die größten Chancen, bei den Beispielen für die Anwendung eines Wortes zum Zug zu kommen. Die Stilistik spricht von »markierten Stellen«. Das sind Stellen der Rede, die einen »Effekt«, also eine Merkwürdigkeit zeigen, etwa eine Figur oder sonst eine Auffälligkeit. Dementsprechend haben auch die bedeutungsschwangeren Epitheta die beste Aussicht, par exemple zitiert zu werden.

Mir persönlich ist damals, in der ersten Hälfte des

8. Jahrzehnts des 20. Jahrhunderts, in Saarbrücken eine Illusion zerbrochen. Saarbrücken war an beiden Seiten, in Brebach-Fechingen und in Burbach, von rauchender Industrie und Hüttenbetrieben flankiert, sodaß die Stadt bei Ost- und Westwind gleicherweise daran erinnert wurde. Nur den Regen, der auf den Saarländischen und den Pfälzer Wald reichlich niederging, hielt ich für den großen Salvator und Purgator, der alles heilt und die Sünden der Menschen wegschwemmt. Doch dann erfuhr man plötzlich, daß der Regen auch nicht mehr der alte war, sondern eben *sauer.* Das hätten damals auch die Duden-Redakteure in Mannheim bemerken können, wenn sie aus der Duden-Redaktion in den Regen hinausgetreten wären und die Zunge herausgestreckt hätten, wenn dies auch nicht die übliche Art der Datengewinnung darstellt.

Auch ich ignoriere heute die Säure des Regens. Ich treibe einen regelrechten Kult mit dem Regenwasser, muß ich mir oft sagen lassen. Tatsächlich habe ich mir an zwei Stellen der Abflußrohre der Dachrinnen Wasserfänger einbauen lassen. Ich habe mich zu einem Wassersammler entwickelt, der Wasser auch hortet, oft bis es brackig wird. Wasche ich etwa den Hof auf, so verbrauche ich nicht »das kostbare Naß« aus dem 70 Meter tiefen Brunnen, sondern greife auf meine Regenwasserreserven in den Trögen zurück. Gern stehe ich bei Regen auch an einem der vom Spengler kunstvoll hergestellten Wasserspender und betrachte mit Wohlgefallen den Schwall, der durch diese ins Rohr ragende Schaufel oder Zunge zutage gefördert wird. Durch die Wasserstände in den »Grandern« weiß ich nun auch immer exakt über die Niederschlagsmengen Bescheid und kann manche umgangssprachlich ungenaue Äußerung über das Wetter bei meinen Mitmenschen richtigstellen. Manchmal wünschte ich mir ein altrömisches Atriumhaus mit einem »Impluvium«, einem freien Innenhof, in den der Himmel schaut und der Regen fällt. Beim Fernsehen wird mir neuerdings immer geradezu blitzschnell todlangweilig, das ist praktisch programmunabhängig, hängt wohl mehr mit meinem Alter zusammen. Hätte ich keine familiären Rücksichten zu nehmen, so würde ich den Apparat zu einem Aquarium umbauen. In den Regen des Impluviums hinausgehen würde ich jedenfalls gern. Überhaupt wenn er nicht sauer wäre.

Salz

Meine Mutter, zuständig unter vielem anderen für das Gewürz in der Bäckerei meines Vaters, hat in ihrem Alter manchmal auf Salz, Anis, Fenchel und Kümmel vergessen, einige Male aber auch irrtümlich zweimal beigemengt. So gab es das eine Mal ungesäuerte und das andere Mal übersäuerte Brote – und viele Beschwerden von sozusagen *sauren* Kunden. Dafür wollten sie nicht ihr sauer verdientes Geld hergeben. Der Teig braucht zur richtigen Zeit das rechte Quantum Salz, im nachhinein ist der Fehler des Fehlens nicht mehr auszubessern. War aber das Unglück wieder einmal geschehen, so ging es meinem Vater wie dem von ihm geliebten, kräftig gesalzenen Bierrettich, er hätte weinen können, er verzog das Gesicht, als hätte er in eine Zitrone gebissen ... Ein anderer, wenn auch nicht so schwerwiegender Grund, mit der Mutter unzufrieden zu sein, bestand für meinen Vater darin, daß sie den Salat manchmal nach ihrem eigenen Geschmack und ihrer persönlichen Vorliebe nicht nur gesalzen, sondern auch gezuckert hatte. Dem Vater und den Brüdern konnte nichts zu bitter, zu scharf und zu sauer sein, die Mutter und die Schwestern aber verdünnten und streckten den Essig mit Wasser und hielten sich mehr auf die andere Seite, wie es wohl in den meisten Familien eine saure und eine süße Partei gibt, ohne daß die Teilung immer nach dem Geschlecht ausfallen wird.

Beschreiben läßt sich der Geschmack des Salzigen nicht, er ist buchstäblich unbeschreiblich. Vor einem gemalten Mahl kann man nicht satt werden, sich daran höchstens satt sehen, ein Früchtestilleben hat keinen Nährwert, Blumenbilder duften nicht. Und doch ist die Analogie die Würze der Kunst, die Synästhesie das Salz der Dichtung, der Vergleich und die Parabel ein Kernstück der Verkündigung. Wir sind das Salz der Erde, heißt es in diesem Sinne, nämlich *uneigentlich* gesprochen. Wir sollten es sein. Doch sind wir *eigentlich* nicht oft wie ein Sodbrennen für die Welt, Sauerampfer, Zwiderwurzen, gewissermaßen, und sozusagen Surfleisch? Oder im anderen Extrem *ödsüß*, wie es in der Mundart heißt? In der Theologie ist die Rede von der »suavitas« Dei, der Süße Gottes, dem »bekömmlichen« Gott. Und gibt er uns auch oft Saures. Gepriesen sei Er für das Geschenk des Salzes und des Glaubens. Und gebeten, daß Er uns die Bitterkeit des Unglaubens erspart. Im Prolog, ja am Anfang des Vorworts des »Parzival« von Wolfram von Eschenbach steht die herbe Erkenntnis: Schleicht sich der Zweifel ins Herz, so kommt dies die Seele sauer an.

Urlaub

Jährlich läßt irgendein Redakteur einer Zeitung oder des Radios anfragen, welches Buch man diesmal in den Urlaub mitnehmen wolle und welches Buch man im Falle eines Falles »auf die Insel« mitnehmen würde. Meistens denke ich gar nicht lange nach, ich bleibe bei den liebgewordenen Angaben und der üblichen Angeberei und erfülle mit Homer, Vergil oder der Bibel die in mich gesetzten Erwartungen. Diesmal ist mir aber auf die unoriginelle Frage eine besonders originelle Antwort eingefallen: Das Deutsche Wörterbuch von Jacob und Wilhelm Grimm! So würde aus jedem Eiland eine Sprach-Insel, denn mit dem Grimmschen Wörterbuch und seinen 33 Bänden hätte ich zugleich den reichsten Zitatenschatz und einen großen Teil der deutschen Dichtung und Prosa bei mir, wenn auch auszugsweise. Gerade der Artikel *Urlaub* in Band 24 (S. 2466–78) böte Lesestoff für manchen Urlaubs- oder Ferientag, um über die Bedeutungsverengung von der allgemeinen »Erlaubnis« zum gewerkschaftlichen Terminus technicus nachzudenken. Ein Philologe, zu deutsch »Liebhaber des Wortes«, aber ist nicht unbedingt auf die »Kursivität« angewiesen, er kann gern auf Handlung und Spannung verzichten und sich an Exzerpten freuen. Er kann auch der Zusammenhanglosigkeit einen Reiz abgewinnen. Er weiß, daß die Welt nicht so kontinent ist, wie es im Trivialroman aussieht.

Wie köstlich sind etwa auch die isolierten Sätze, die die sogenannten Sprachführer den Urlaubern in Italien, Spanien oder Griechenland anbieten, um sie für die Eventualitäten in Geschäften, auf Bahnhöfen oder in Hotels sprachlich zu wappnen. Wie einfühlsam tasten sich Guide und Cicerone an die Bedürfnisse des Leibes und der Seele des Fremden heran, um sie dann doch immer wieder haarscharf oder gründlich zu verfehlen. Was der Mensch eigentlich und letztlich brauchte, bekommt er ja doch nicht. Jutta Schutting hat in ihrem »Sprachführer«, in »Da lacht die Sonne, Ferienlektüre«, aus jener Merkwürdigkeit der Sprachbücher literarisches Kapital und Funken geschlagen, ein wenig nachgeholfen und ein Schulbeispiel von Schulliteratur geliefert: »Beim Friseur: Beeilen Sie sich, Sie sollen meine Haare färben. Bitte einen Schnurrbart (Backenbart). Wozu rasieren Sie meinen Nacken aus?« Und »Im Restaurant« heißt es: »Ich esse keinen Fisch (Gemüse, nichts Süßes, keine Teigwaren etc.). Ich esse nichts Gekochtes (Gebratenes, Gebackenes). Ich bin nämlich magen-(leber- gallen- nieren- darm-)leidend. Kann mir die Spezialität des Hauses künstlich verabreicht werden?«

Künstlich verabreicht werden einem die Sätze auch im Wörterbuch. Das Wörterbuch verstößt sozusagen per definitionem gegen die »Textualität« und die »transphrastische« Eigenschaft der Sätze. Der Sprachführer aber denkt sich Situationen aus. Der Sprachführer verfährt also onomasiologisch, um es wissenschaftlich zu sagen, er bestückt die Sachgebiete mit den entsprechenden Wörtern, Sätzen und Phrasen, das Wörterbuch verfährt semasiologisch, geht vom vorfindlichen Wort aus und beschreibt seine Bedeutung.

Wenn man mich im Jahre 1989 wieder nach meiner Ferienlektüre fragt, dann werde ich bei der heuer erstmals praktizierten Art, keinen unterhaltsamen Bestseller zu nennen, sondern ein »diskursives« Buch, das die Welt gegen den Strich bürstet, bleiben. Ich werde Andreas Okopenkos »Lexikon-Roman einer sentimentalen Reise zum Exporteurtreffen in Druden« nennen. Im Jahr 1990 aber Ludwig Harigs Geniestreich gegen die Erschaffung der Welt im Lehrbuch: »Sprechstunden für die deutsch-französische Verständigung und die Mitglieder des Gemeinsamen Marktes, ein Familienroman«.

Wein

Heutzutage gibt es jederzeit alles überall, jedenfalls in jenen Ländern, den wenigen, wo Überfluß herrscht wie bei uns. Der tiefste Winter hindert uns nicht daran, importierten grünen Salat zu essen, von den Kartoffeln ganz zu schweigen. Wir können alles haben – nur nicht mehr jenen Geschmack auf Gaumen und Zunge, den einem seinerzeit im Frühling der erste frische Erdapfel *geschenkt* hat. Nur im Kontrast zum Mangel oder zum Minderen bewahrt das Gute seine Güte. Fasten, das heißt freiwillig hungern, sollte man: als Übung für schlechtere Zeiten, aus Mitgefühl mit den Hungernden und um Himmels und Gottes willen.

Wein war im Mittelalter das Herrengetränk. Dort, wo er gedieh, tranken ihn die Menschen, Wein war der Haustrunk der Weinbauern und ihrer Herren. In unseren Breiten herrschte der Most, der vergorene Apfelwein, wenn auch viele Ortschaften »Weinberg« und »Weingarten« im heute weinlosen Land darauf verweisen, daß der Wein früher verbreiteter gewesen sein muß. Die Menschen und der Wein waren anspruchsloser. Ich wohne selbst in einer Ortschaft Weinberg, mitten im Hausruckviertel, und das heißt auch mitten im Land des Mostobstes. So habe ich auch das Weintrinken nie erlernt, habe mich vielmehr dem bayrischen Weizenbier zugewandt. Als einer, der den Wein nur vom Hörensagen kennt, wende ich mich an einen Fachmann, den deutschen Theologen Josef Pieper, der seinerseits Thomas von Aquin zitiert, der die Bibel zitiert …

Josef Pieper erörtert zum Stichwort »Wein« im »ABC der Lebensfreuden« die Frage, ob der Wein eine bloße *Ursache* oder ein (tiefer verstandener) *Grund* zur Freude sei.

Macht er also den Menschen überhaupt froh, oder vielleicht nur den bereits frohen noch fröhlicher? Braucht man zum Weintrinken einen freudigen Anlaß, oder ist das Weintrinken selbst ein freudiger Anlaß? »Da soll mir ja nur keiner kommen und sagen, Wein sei Alkohol«, zitiert Pieper das »zornige Wort eines Arzt-Freundes«. Wein als Medizin. Wer aber kennt nicht auch die Leiden des Übergenusses, den Kater nämlich, der einen nur noch tiefer hineintunkt, den Depressiven noch zusätzlich deprimiert? Josef Pieper denkt über die Gedanken des heiligen Thomas von Aquin nach, der im Zusammenhang einer *völligen* Wein-Abstinenz sogar von einer »Schuld« gesprochen hat. Wer fastend verdürstete, brächte ein »Opfer an geraubtem Gut«. Das sei eine Predigt, die heute sicher nicht dringlich ist, sie hat in strengen Klöstern ihren Stellenwert gehabt. Pieper: »Aber natürlich spricht Thomas, wenn vom Wein die Rede ist, nicht nur von der möglichen Schuld; er spricht vor allem von der Freude. Warum, so fragt er zum Beispiel, ist der Wein, und zwar der unverfälschte vom Rebstock, die dem Altarsakrament gemäße, ihm zukommende ›Materie‹? Nun, an erster Stelle natürlich deswegen, weil Christus es so bestimmt hat. Aber dann nennt Thomas noch einen besonderen Grund: ›Weil der Wein von der Rebe am ehesten der Frucht dieses Sakraments entspricht, welche die Freude des Geistes ist – wie es geschrieben steht: Der Wein erfreut des Menschen Herz.‹«

Inhalt

Die Texte Seite 5 bis Seite 24 wurden dem Band »Überwindung der Blitzangst«, 1971, entnommen. Die Texte Seite 25 bis Seite 44 wurden dem Band »Ausfälle. Natur- und Kunstgeschichten«, 1972, entnommen. Die Texte Seite 48 bis Seite 66 wurden dem Band »Der Leumund des Löwen«, 1976, entnommen. Die Texte Seite 72 bis Seite 88 wurden dem Band »Vom Schnee der vergangenen Jahre«, 1979, entnommen. Die Texte Seite 108 bis Seite 120 wurden dem Band »Über den grünen Klee der Kindheit«, 1982, entnommen. Die Texte Seite 132 bis Seite 157 wurden dem Band »Kleine Menschenkunde«, 1987, entnommen. Die Texte Seite 172 bis Seite 200 wurden dem Band »Romulus und Wörthersee«, 1989, entnommen. Alle Bände sind im Residenz Verlag erschienen.

ALOIS BRANDSTETTER
Die lieferbaren Titel

GROSS IN FAHRT
Roman

HIER KOCHT DER WIRT
Roman

ALMTRÄUME
Eine Erzählung

VOM MANNE AUS EICHA
Roman

Egyd Gstättner (Hrsg.)
VOM MANNE AUS PICHL
über Alois Brandstetter

Residenz Verlag